पेंगुइन स्वदेश

ख़तों का सफ़रनामा

अमृता प्रीतम पंजाबी के सबसे लोकप्रिय लेखकों में से एक थीं। पंजाब (भारत) के गुजरांवाला ज़िले में पैदा हुईं अमृता प्रीतम को पंजाबी भाषा की पहली कवयित्री माना जाता है। उन्होंने एक सौ से अधिक कविता की किताबें लिखीं। साथ ही, उन्होंने फ़िक्शन, बायोग्राफी, आलेख और आयोबायोग्राफी लिखकर साहित्य में नया मुकाम हासिल किया। अमृता प्रीतम उन साहित्यकारों में थीं, जिनकी कृतियों का अनेक भाषाओं में अनुवाद हुआ। अपने अंतिम दिनों में अमृता प्रीतम को भारत का दूसरा सबसे बड़ा सम्मान 'पद्मविभूषण' भी प्राप्त हुआ। 'साहित्य अकादमी पुरस्कार' पाने वाली भी वे पहली महिला लेखिका हैं।

ख़तों का सफ़रनामा

अमृता और इमरोज़ के प्रेम-पत्रों का संकलन

अमृता प्रीतम

पेंगुइन स्वदेश
पेंगुइन रैंडम हाउस इंप्रिंट

पेंगुइन स्वदेश

पेंगुइन स्वदेश, पेंगुइन रैंडम हाउस ग्रुप ऑफ़ कंपनीज़ का हिस्सा है,
जिसका पता global.penguinrandomhouse.com पर मिलेगा

पेंगुइन रैंडम हाउस इंडिया प्रा. लि.,
चौथी मंजिल, कैपिटल टावर-1, एम जी रोड,
गुरुग्राम 122 002, हरियाणा, भारत

पेंगुइन
रैंडम हाउस
इंडिया

प्रथम हिंदी संस्करण हिंद पॉकेट बुक्स द्वारा 2011 में प्रकाशित
प्रस्तुत हिंदी संस्करण पेंगुइन स्वदेश में पेंगुइन रैंडम हाउस द्वारा 2025 में प्रकाशित

10 9 8 7 6 5 4 3

ISBN 9789353490256

टाइपसेट : www.maniworks.com

मुद्रक : मणिपाल टेक्नॉलजीस् लिमिटेड, भारत

यह पुस्तक रीसाइकल्ड कागज़ पर मुद्रित हुई है

www.penguin.co.in

MIX
Paper | Supporting responsible forestry
FSC® C043100
FSC www.fsc.org

This is a legitimate digitally printed version of the book and therefore might not have certain extra finishing on the cover.

किताब के बारे में . . .

यह किताब एक प्रेम कहानी हैं, जो सुविख्यात लेखिका एवं कवयित्री अमृता प्रीतम तथा उनके मित्र, साथी, चित्रकार इमरोज़ के आपसी प्रेम-पत्रों द्वारा बयाँ की गई है।

यह अद्भुत संबंध 1959 में बना, परवान चढ़ा और 45 साल की लंबी अवधि तक फला-फूला।

एक प्रकार से यह संबंध अब भी कायम है, जबकि अमृता प्रीतम और इमरोज़, दोनों की ही मृत्यु हो चुकी है। अपने पत्रों और अन्य रचनाओं के माध्यम से अमृता आज भी सर्वाधिक पढ़ी जाने वाली लेखिकाओं में शुमार होती हैं। समय के साथ-साथ उनके लेखन को पसंद करने वाले सुधी पाठकों की संख्या लगातार बढ़ रही है।

अमृता जब इमरोज़ से मिलीं, वह दो बच्चों की माँ थीं। वह इमरोज़ से सात साल बड़ी थीं और एक नाख़ुश शादीशुदा जीवन जी रही थीं, इमरोज़ कुँवारे और एक उभरते चित्रकार थे।

कब और कैसे यह संबंध प्रेम में परिवर्तित हुआ, कोई नहीं कह सकता।

यह किताब इन्हीं दो व्यक्तियों के प्रेम से ओत-प्रोत ख़तों का संकलन है।

ये दोनों, एक लेखिका और एक चित्रकार अपनी ही दुनिया के रंग, विचार, शब्द तथा कविताओं के बीच जीते रहे।

अमृता पंजाबी साहित्य की एक बड़ी लेखिका अपने ही जीवन में एक किंवदंती बन गईं और इमरोज़ उनके पीछे एक स्तंभ की तरह खड़े रहे, ताकि वह अपने आपको कभी अकेला महसूस न करे।

अमृता इमरोज़ के ये ख़त मूल रूप में पंजाबी में हैं। अमृता इमरोज़ की दोस्त उमा त्रिलोक ने इन ख़तों का हिंदी में संपादन कर संकलित किया है।

डॉ. उमा त्रिलोक ने प्रशासन में डॉक्टरेट किया और कई प्रशासनिक पदों पर रही, लेकिन वह स्वयं एक कवयित्री, कहानीकार, पटकथा लेखक व गीतकार हैं। उन्हें प्रशासनिक व साहित्यिक कार्यों के लिए कई पुरस्कारों से सम्मानित किया गया है। उमा त्रिलोक दो भाषाओं में लिखती हैं। अब तक उनके चार कविता संग्रह 'द माइंड स्केप', 'ऑफ ऑटम रोज़िज', 'ख़यालों के साये' और 'तीसरा बिंदु' छप चुके हैं। उनकी बहुचर्चित पुस्तक 'अमृता इमरोज़ ए लव स्टोरी' कई भाषाओं में प्रकाशित चुकी है।

संपादक की कलम से. . .

अमृता ने जो इमरोज़ को पहला ख़त लिखा था, वह मात्र एक लाइन का था। यह ख़त इमरोज़ को तब मिला था, जब वह गुरुदत्त के साथ काम करने के लिए दिल्ली छोड़कर मुंबई चले गए थे।

वह एक लाइन का ख़त था –

'बंबई अपने आर्टिस्ट को "जी आयाँ" (स्वागतम्) कहती है।'

इस ख़त में अमृता ने न तो इमरोज़ को किसी नाम से संबोधित किया था और न ही अपना नाम लिखा था।

जिस दिन यह ख़त इमरोज़ को बंबई में मिला, उस दिन उन्हें यह लगा, जैसे अमृता के अस्तित्व का नाम बंबई भी है।

इमरोज़ अमृता को बहुत से नामों से बुलाते रहे हैं। 'आशी' से लेकर 'बरकते' तक, कितने ही नामों से। उन्हें जो भी सुंदर लगता, वह उन्हें उसी नाम से पुकारने लगते। जो भी पसंद आता, वही नाम रख देते।

जब उन्होंने '*जोरबा-द-ग्रीक*' उपन्यास पढ़ा, तब वह उन्हें 'ज़ोरबी' पुकारने लगे। स्पेनिश आर्टिस्ट गोया पर लिखे उपन्यास द *नेकिड माजा* को पढ़ने के बाद कितने ही समय तक इमरोज़ अमृता को 'माजा' कहकर पुकारते रहे। यह नाम उन्हें बहुत अपना-अपना लगता था। बाद में उन्हें

पता लगा कि मराठी भाषा में 'माझा' का अर्थ 'मेरा' होता है। शायद इसीलिए उन्हें यह बहुत अपना-अपना लगा।

वैसे घर में, विशेषकर रसोई में उन्हें 'बरकते' कहकर ही बुलाते थे, वह सचमुच उनकी बरकत थीं।

इमरोज़ स्वभाव से ही नौकरी नहीं कर सकते थे। कभी-कभी काम की कमी भी हो जाती थी, लेकिन उन्हें कभी कमी महसूस नहीं हुई। उनका थोड़ा भी 'बरकते' के स्पर्श से बहुत हो जाता था। एक रात बातें करते-करते दो बज गए थे। उस दिन सुबह से ही अमृता के कंधे में दर्द था। वह बिस्तर पर लेटी हुई थीं और इमरोज़ खिड़की में बैठे थे। तभी अचानक जैसे कोई बात बन गई हो, एक किताब की बात, अमृता एकदम उठकर बैठ गईं। फाइल संभाली और उसी समय बिस्तर पर बैठे-बैठे किताब तैयार करने लगीं। इमरोज़ चकित हो उन्हें देखते रह गए।

अमृता बिल्कुल ताज़ा और स्वस्थ दिखने लगी थीं। पीड़ा जैसे दूर हटकर हैरान हो गई थी। इमरोज़ हैरानी में उठे और चाय बनाने लगे, फिर चाय का प्याला अमृता के हाथ में थमाते हुए बोले, 'तुम किस पर गई हो?'

अमता ने सहज में उत्तर दिया, 'ख़ुदा पर'!

उस दिन इमरोज़ ने जाना कि उनका एक नाम 'ख़ुदा' भी हो सकता था, लेकिन इस नाम से उन्होंने कभी अमृता को पुकारा नहीं सिर्फ देखा और लगातार देखते रहते, जब वह काम करती रहतीं।

ख़त के बारे में अमृता ने लिखा था –

'मेरे महबूब, मेरे तसव्वुर, मेरी सारी ज़िंदगी मुझे ऐसी लगती है, जैसे मैंने तुम्हें एक ख़त लिखा हो। मेरे दिल की हर धड़कन, एक अक्षर है, मेरी हर साँस जैसे कोई यात्रा, हर दिन जैसे कोई वाक्य और सारा जीवन जैसे

एक ख़त। अगर कभी यह ख़त तुम्हारे पास पहुँच जाता, तो मुझे कभी भी भाषा के शब्दों की मोहताजी न होती।

इसके अतिरिक्त अमृता की कई ऐसी रचनाएँ हैं, जो ख़तों की सूरत में हैं, जैसे – 'सुनेहड़े' एक लम्बी कविता है, जो साहिर के ख़त के आने पर शुरू होती है। यह कविता उन्होंने 1953 में लिखी थी और 1953 को ही समर्पित कर दी थी।

'आख़िरी ख़त' अमृता ने साहिर को संबोधित किया, लेकिन उसका नाम नहीं लिखा। यह ख़त उन्होंने 1956 में लिखा था। यह साल अमृता से इमरोज़ की पहचान का पहला साल था। उन दिनों इमरोज़ उर्दू की पत्रिकाओं *शमा* और *आईना* के लिए काम करते थे। जब 'आख़िरी ख़त' *आईना* में छपने के लिए आया, तो इमरोज़ ने अमृता से पूछा, 'यह ख़त तुमने किसे लिखा है? अगर तुम बताओ, तो मैं उसकी तस्वीर भी बना दूँ।'

तब अमृता कुछ कहने से झिझक गई थीं और इमरोज़ ने उस 'आख़िरी ख़त' के साथ कोई एक तस्वीर बना दी।

कविता 'एक ख़त' अमृता ने तत्कालीन दशा की ओर से धरती के भविष्य के नाम लिखी थी, जो उनके कविता संग्रह *कागज़ और कैनवास* में शामिल है।

'एक ख़त' अमृता ने अपने वारिस के नाम लिखा। वह *सफ़रनामा* किताब में शामिल है।

एक ख़त 'लिखतुम तमाम धरती पढ़तुम तमाम लोग' अमृता ने दुनिया के शासकों और वैज्ञानिकों के नाम लिखा था।

कविता 'अहदनामा' भी एक ख़त है, जिसमें अमृता ने कहा है – 'अमन का एक अहदनामा, आओ दुनिया वालो, दस्तख़त करो!' यह ख़त उन्होंने सितंबर, 1965 में ताशकंद में हो रहे हिंद-पाक के अहदनामे के अवसर पर लिखा था। (कविता-संग्रह *मैं जमा तू*)।

एक ख़त अमृता ने नवंबर, 1965 में पाकिस्तान के नाम लिखा था। (‘आरसी’, संग्राम अंक, 1965), और ‘नामा-ए-खुलूस’ लेख 10 फरवरी, 1970 को पाकिस्तान के हम कलम दोस्तों के नाम लिखा था, (*नागमणि*, मार्च, 1970)।

ये सारे ख़त उनकी रचनाओं के हिस्से हैं, इसलिए इस किताब में शामिल नहीं किए।

अमृता की कविता ‘साल मुबारक’ इमरोज़ के लिए एक ख़त थी, जो उनकी आपसी नाराज़गी के दौरान जनवरी, 1961 में अमृता ने इमरोज़ को बंबई भेजी थी। वह सिर्फ कविता थी। उसके साथ कोई ख़त नहीं था। यह कविता ही ख़त थी।

अमृता ने अपनी कहानी ‘रोशनी का हावका’ भी उसी महीने डाक द्वारा इमरोज़ को भेजी थी, जो उनके लिए एक ख़त थी। वह भी अमृता की रचनाओं के रूप में है। इसलिए वह ख़त भी यहाँ शामिल नहीं है।

इस किताब में वही ख़त शामिल किए गए हैं, जो सीधे डाक से उन्हें मिले और जो इमरोज़ ने सीधे अमृता को लिखे थे।

यह बहुत कम लोग जानते हैं कि अमृता का ठंडे कोहरे जैसा विछोहभरा जीवन इमरोज़ के आते ही गुलाबी हो गया।

अमृता की शख़्सियत के इर्द-गिर्द जो सुनहरा रंग दिखाई देता रहा, वह इमरोज़ के प्यार की परछाई था।

इमरोज़ के आते ही अमृता की कलम की चिनगारी, शोला बन गई। इमरोज़ ही उनकी हिज-भरी ज़िंदगी में रोशनी की किरण थे।

अमृता ने यह कहने में कोई गुरेज़ नहीं किया कि उन्हें एक प्यार करने वाले की तलाश थी। इमरोज़ तक पहुँचते ही जैसे अमृता की प्यास को मुकाम मिल गया।

अमृता अपने उपन्यास और कहानियों के किरदारों के माध्यम से अपने इस विछोह को बयाँ करती रहीं। यहाँ तक कि एक दिन उन्होंने इमरोज़ से यह पूछ ही लिया कि क्या हर जन्म में सुंदरा का यही हश्र होगा, इसी वाक्य ने बयान कर दिया कि वह किस तरह उदास थीं, परेशान थीं।

इमरोज़ ने फिर से अमृता के लिए एक ज़रखेज ज़मीन पर प्यार का एक सपना बुना, जहाँ वह फिर से प्यार का आशियाना बना सकती थीं।

अपने जीवन के पिछले 45 सालों में अमृता ने इमरोज़ की मोहब्बत को भरपूर जिया और उसी प्यार की ख़ुशबू में महकती रहीं।

जब-जब वे एक दूसरे से दूर गए, उन्होंने अपने ख़तों से इस मोहब्बत के चिराग को जलाए रखा।

अमृता को जीने के लिए अपने पाठकों, आलोचकों या प्रशंसकों की वाह-वाह काफ़ी नहीं थी।

उन्हें प्यार चाहिए था, उस शख्स का, जिसे वह अपना रांझा या **मिर्ज़ा** बना सकती थीं।

अमृता ख़ुद प्रेम के गीत लिखती रहीं, विरह के गीत लिखती रहीं, अपने बंधु, अपने मितवा को बुलाती रहीं।

अमृता जानती थीं कि वह इमरोज़ की मनचाही थी, लेकिन फिर भी उन्हें अपना, इमरोज़ से सात साल बड़ा होना चुभता रहा। उन्हें यह बात कचोटती रही कि जब उन्हें प्यार मिला उनके जीवन की शाम हो चली थी। वह अपना बकाया जीवन इमरोज़ के साथ भरपूर जीना चाहती थीं, जबकि इमरोज़ उन्हें अपनी उम्र को अपने प्यार के पैमाने से नापने को कहते, सालों से नहीं।

अपनी विदेश यात्राओं के दौरान अमृता इमरोज़ को बहुत याद करतीं। चाहे वह समुद्र की लहरें देखते वक़्त हो या फिर हैनरी मिलर की किताब पढ़ते वक़्त। वह चाहती रहीं कि इमरोज़ उनके साथ हमेशा रहें।

जब इमरोज़ उनके साथ नहीं होते, तो उनके साथ इमरोज़ की यादें होतीं। अमृता उन्हीं यादों के साथ सोतीं, उन्हीं यादों के साथ जागतीं और यादों से बातें करतीं।

बहुत हैरानी की बात है कि यह बहुत थोड़े लोग जानते हैं कि अमृता की रचनाओं में प्राण फूँकने वाले का नाम इमरोज़ है।

इस किताब में दिए गए अमृता इमरोज़ के वह मोहब्बत भरे ख़त हैं, जो इन दोनों के प्यार भरे जीवन में झाँकने के लिए एक झरोखा हैं।

अमृता इमरोज़ को अपने जीवन की नाव का मल्लाह मानती थीं, लेकिन फिर भी पार उतरना नहीं चाहती थीं। वह उनके साथ डूब जाना चाहती थीं।

और कायनात ने कुछ ऐसा ही कर दिया। अमृता बीमार हो गईं।

फिर शुरू हो गई तीमारदारी। इमरोज़ ने उन्हें बच्चों की तरह संभाला, हाथों से खिलाया, हाथों से उठाया और अमृता ने उन्हीं हाथों में दम तोड़ा।

एक ख़ुशनसीब रूह ने अपना मुकाम पा लिया।

इमरोज़ कहते हैं कि अमृता मरी नहीं, क्योंकि वह ख़ुद ज़िंदा हैं। इमरोज़ की हस्ती में अमृता कायम हैं और रहेंगी।

उमा त्रिलोक

संदर्भ

अमृता के उन ख़तों को, जो उन्होंने इमरोज़ को लिखे थे, जब इकट्ठा किया जा रहा था, तो अमृता ने इमरोज़ से कहा था : 'इमरोज़, यह जानकारी अधूरी है। याद है, जब आर्थर काउंसिलर, **काफ्का** की प्रेमिका पर लिखी जाने वाली किताब का प्रस्तावना' लिख रहा था, तब उसने कहा था, मेरे पास काफ्का के ख़त हैं, लेकिन मिलेना के ख़तों के बिना, काफ्का की तस्वीर अधूरी है। वह कहा करता था, "मिलेना के ख़त मेरे जलते शरीर पर बारिश की बूँदों जैसे हैं और मैं उन बारिश की बूँदों को खो चुका हूँ।" पर शुक्र है, मेरे पास तुम्हारे ख़त सुरक्षित हैं, जो मैं तुम्हें उधार दे सकती हूँ।'

यह किताब उन्हीं ख़तों का सकंलन है।

ख़त इमरोज़ का

मेरी अपनी,

इतनी पुख़्ता ज़बान लिखने वाली!

इतना अनोखा सोचने वाली!

तुम्हारे साथ डर और सहम जैसे लफ्ज़ लगे हुए अच्छे नहीं लगते और न ही देखे जाते हैं, फिर मेरे होते हुए ऐसा नहीं हो सकता। मेरी मानो, एतबार को और बड़ा करो और देखो, ज्यों-ज्यों एतबार को और बड़ा करोगी, डर छोटे और छोटे हो जाएँगे।

क्यों उम्र को सालों में गिनती हो? क्यों नहीं मेरी लगन के हिसाब से गिनती?

मेरी सारी इंटेंसिटी मेरी सारी धड़कनें तुम समेट लो। मेरी लगन तुम्हारी उम्र है, मेरी इंटेंसिटी तुम्हारी सेहत।

तुम अपने माज़ी को और माज़ी की तल्ख़ियों को छोड़ने की तकलीफ़ सह रही हो। यह तकलीफ़ आरज़ी है।

आओ, मुस्तक़बिल में आ जाओ। मुस्तक़बिल अपनी सारी मुस्कराहटों के साथ अपना दर और दिल खोले तुम्हारा इंतज़ार कर रहा है . . .

2.10.1959

किस्मत का इंतज़ार कर रहा मुस्तक़बिल जीती

ख़त इमरोज़ का

मेरी कायनात,

मेरी लगन,

सजदा,

इस सजदे के बाद अपने आप ही हमारे बीच से यह नौ सौ गील का रेगिस्तान हट जाता है।

तुम मेरी किस्मत बनी रहना, फिर किसी बदकिस्मती की मुझे परवाह नहीं।

बंबई, 24.10.59

तुम्हारा
जीती

ख़त इमरोज़ का

आशी,

किस्मत को अपनी यह पहली दीवाली मुबारक! उन सब को भी जो हमारे अपने हैं।

अपना सब कुछ संभाल कर रखना। यह मेरी अमानत है। मेरी इस अमानत के साथ उदासी की ज़्यादती मत करना।

देखो, मैं कितना मज़बूत हूँ। रूठे हुए रिज़्क से किस तरह परदेस में परदेसी बन कर जूझ रहा हूँ।

मैंने कभी निगेटिव नहीं सोचा, न यह मेरी फ़ितरत में है।

मैं किसी मुश्किल के आगे झुकना नहीं चाहता, मेरे सारे रास्ते मुश्किल हैं। तुम्हें भी जिस रास्ते पर मिला, मुश्किल था, लेकिन यही मेरा रास्ता है और यही तुम्हारा। मुश्किलें भला कितनी देर हमारा साथ देंगी, हमारे साथ चलेंगी, हमारे कदम इतने मज़बूत, दिलेर और तेज़ हैं।

हम किस्मत के बच्चे हैं।

कभी हारना नहीं चाहेंगे . . .

बंबई, 29.10.59

तुम्हारा

जीती

ख़त अमृता का

तुम्हारे इतने ख़ूबसूरत ख़त जीती!

मेरे तसव्वुर से भी कहीं ख़ूबसूरत, जिनका मैं तमाम उम्र इंतज़ार करती रही। चाहे वह इंतज़ार, केवल इंतज़ार ही रहा।

कितनी ही कविताओं में मैं उनका जवाब भी लिखती रही आज वे सच हो गए।

आज मेरा दिल मेरे वश में नहीं आ रहा। आँखें भर-भर आती हैं। मेरी उम्र के साल, इस सच को देखने के लिए ठहर क्यों नहीं गए? वो क्यों बढ़ते गए? आज वो तुम्हारे साथ मेल नहीं खाते।

तुम मुझे उस जादू-भरी वादी में बुला रहे हो, जहाँ से मेरी उम्र लौटकर नहीं आती। उम्र दिल का साथ नहीं दे रही। दिल उसी जगह ठहर गया है, जहाँ ठहरने का तुमने उसे इशारा किया। सच, उसके पैर वहाँ ही रुके हुए हैं, पर आजकल मुझे लगता है, एक-एक दिन में कई-कई बरस बीते जा रहे हैं।

और अपनी उम्र के इतने बरसों का बोझ मुझसे सहन नहीं हो रहा है. . .

30.10.59

तुम्हारी

अमृता

ख़त इमरोज़ का

ज़ालिम!

एक बार आवाज़ दो कि तुम मुझे अपने पास बुला ले जाओ।

मेरी किस्मत,

मैं सिर्फ उस आवाज़ का इंतज़ार कर रहा हूँ। मेरा 'वर्तमान' इंतज़ार कर रहा है। मेरा 'भविष्य' इंतज़ार कर रहा है।

एक आवाज़ दो, सब कुछ निछावर कर दूँगा।

1.11.59 शाम साढ़े सात बजे

तुम्हारा सब कुछ

जीती

ख़त इमरोज़ का

यह ख़त होनी के घर से लिख रहा हूँ।

तुम बत्ती और मैं चिराग।

इस तरह हम बहुत कुछ हैं, लेकिन रोशनी नहीं।

आओ, एक-दूसरे से मिलकर जग उठे।

अपना सब कुछ जगा लें।

एक-न-एक दिन, बत्ती और चिराग की मिन्नतें भी पूरी होंगी।

12.11.59

तुम्हारा

जीती

ख़त इमरोज़ का

ऐ, हाज़री लगाने वाली,

आकर रजिस्टर ही क्यों नहीं संभाल लेती?

एक मकान, बहुत ख़ूबसूरत जगह ले लिया है। आकर इसे घर बना दो। अपना और अपने सपनों का घर।

जीवन में पहली बार घर चाहा है मैंने। तुम नामुमकिन जैसी जगह पर थीं, जब मैं तुम से मिला।

मुझ पर और भरोसा करो, मेरे अपनेपन पर पूरा एतबार करो।

जीने की हद तक तुम्हारा, तुम्हारे जीवन का ज़ामिन, तुम्हारा जीती!

मैं अपने माज़ी, वर्तमान और मुस्तक़बिल का पल्ला तुम्हारे आगे फैलाता हूँ, इसमें तुम अपना माज़ी, अपना अब और अपना मुस्तक़बिल डाल दो।

मेरे जुनून, मेरी वहशत का इम्तहान तो लो। अपने हुस्न की अज़मत का इम्तिहान तो लो।

....

ख़त इमरोज़ का

ना उम्मीद मत हो आशी,

मैं आ रहा हूँ।

उम्मीदों की तस्वीर को माज़ी के टूटे हुए शीशे में मत देखो। टूटे हुए एतबारों की किरचें फेंक दो। साबुत दिल से मेरी तरफ देखो।

मेरी, सारी कायनात तुम्हारा इंतज़ार कर रही है, केवल तुम्हारा।

परदेस में मेरा यह पहला दिन है।

मुश्किल राहों पर मैंने पहला कदम साबुत दिल से और साबुत कदम शुरू किया है।

मुझे अपनी तरह का आर्टिस्ट बनना है। तुम मेरे साथ मिलकर मेरी सारी किस्मत, मेरी कला और मेरी हिम्मत बन जाओ।

इस नौ सौ मील की दूरी पर मेरे विश्वास का हाथ थाम कर पुल बना लो।

यह थोड़ी-सी फुरसत हमारे मिलन के रंग और गहरे तथा पक्के कर देगी। इसी विश्वास के साथ. . .

22.01.60

तुम्हारा

....

ख़त अमृता का

मेरी तक़दीर,

इस धरती पर राजन का वजूद कहीं नहीं था, उसने सिर्फ मेरे सपनों को अपना बना रखा था।

और फिर . . . जिस दिन तुमने 'अंशु' पढ़कर मुझे फ़ोन किया था –

'मैं तुम्हारा राजन बोल रहा हूँ।'

उस दिन यह धरती की बात बन गई।

इस बात ने करम भी किया है, क़हर भी।

तुम्हारी नज़र ने मेरे ऊपर से बरसों का पड़ा हुआ कोहरा झाड़ दिया है और आज जब मैं उस नज़र को नौ सौ मील की दूरी पर भेज कर आई हूँ, एक कोहरा-बसा फिर मुझ पर पड़ता जा रहा है।

यह नज़र जिन मजबूर हालात में मुझसे बिछुड़ी है, उस का एहसास भी मेरे पास है और उसी के सहारे मैं तुम्हारे बिछोह के दिनों में पड़ने वाले कोहरे को अपने ऊपर से झाड़ती रहूँगी। और जब मेरे सामने फिर तुम्हारी नज़र होगी, मेरे मन का रंग उसी तरह गुलाबी हो जाएगा . . .

21.01.60

तुम्हारी बेगम

☞ राजन एक प्रेमी है, अमृता के नॉवल *'अंशू'* का पात्र, जिसे पढ़ने के बाद इमरोज़ ने अमृता को फ़ोन किया था। ख़त में उसी घटना का जिक्र है।

ख़त इमरोज़ का

मेरी ख़ूबसूरत ज़िंदगी!

आज इस ख़ूबसूरती का एक ख़ूबसूरत ख़त मिला।

एक हसीना का हसीन पैगाम मिला।

यह जन्मदिन, यह ख़त, मेरा नाज़ है।

तुम मेरे जीने का ख़ूबसूरत फ़रेब भी हो और ख़ूबसूरत हक़ीकत भी।

26.01.60

जीती

☞ 26 जनवरी को इमरोज़ का जन्मदिन होता है।

ख़त इमरोज़ का

मैं जितना कल ख़ुश था, उतना ही आज उदास हूँ।

जी करता है, सब कुछ छोड़कर, यह सारी दूरियाँ लाँघकर तुम्हारे पास आ जाऊँ और फिर तुम्हारे बग़ैर कहीं न रहूँ।

आशी, तुम्हारे बिना जीना, जीना नहीं लगता, एक सज़ा लगती है। किसका जी करता है कि ज़िंदगी रहते, सज़ा काटे!

काम में अगर कभी मन लगता भी है, तो काम के बाद सख़्त डिप्रेशन हो जाता है कि मैं यहाँ क्यों हूँ, तुम्हारे बग़ैर क्यों हूँ? अपने आप पर गुस्सा आता है, बेहद गुस्सा!

27.1.60

सिर्फ़ तुम्हारा

......

ख़त अमृता का

मेरे यक़ीन, मेरे बादबां,

तुम्हारे मिलन ने मेरी कलम की चिनगारी को शोला बना दिया है।

कल नेपाल ने इस क़लमी आग का फूलों से सत्कार किया और मुझे जितने फूल मिले, गैंने सब-के-सब तुम्हारी याद पर चढ़ा दिए।

'हिज्र की इस रात में कुछ रोशनी-सी आ रही है।' मेरी इस कविता में तम्हारी याद की बत्ती लपक-लपक कर जल रही थी। रात के साढ़े ग्यारह बजे तक इसी रोशनी का ज़िक्र चलता रहा। साथ ही कितनी ही नेपाली, हिंदी और बंगाली कविताएँ भी जगमग करती रहीं।

एक फारसी का शेर भी था, जिसका मान था –

'रेगिस्तान में हम धूप से चमकती हुई रेत को पानी समझकर भागते हैं, धोखा खाते हैं; तड़पते हैं, पर लोग कहते हैं, रेत रेत है, पानी नहीं बन सकता और कुछ सयाने लोग उस रेत को पानी समझने की गलती नहीं करते। वे लोग सयाने होंगे, लेकिन मैं कहता हूँ, जो रेत को पानी समझने की गलती नहीं करते, उनकी प्यास में ही कोई कमी होगी, उनके होंठों पर वह शिद्दत नहीं होगी।'

सच, मेरे जीती! मुझे वह सयानापन नहीं चाहिए। मुझे अपनी प्यास मुबारक है। चाहे सारी उम्र वह मुझे रेगिस्तान में भटकाती रहे।

मेरे जीती को, मेरी प्यास के छलावे को, मेरी सारी याद पहुँचे।

27.1.60, काठमांडू

आशी

ख़त अमृता का

राही,

तुम मुझे संध्या के समय क्यों मिले?

ज़िंदगी का सफ़र ख़त्म होने वाला है। तुम्हें अगर मिलना था, तो ज़िंदगी की दोपहर को मिलते, उस दोपहर का सेंक तो देख लेते।

काठमांडू में किसी ने यह कविता हिंदी में पढ़ी थी। कई बार कई लोगों की पीड़ा एक जैसी होती है।

मेरी ज़िंदगी के ख़त्म होते इस सफ़र में अब मुझे सिर्फ तुम्हारे ख़तों का इंतज़ार है।

मेरा यह इंतज़ार तुम्हारे इस बंबई शहर की जालिम दीवारों से टकराकर हमेशा ज़ख़्मी होता रहा है।

पहले भी चौदह बरस, राम वनवास जितने, इसी तरह बीत गए। बाकी रहते बरस भी लगता है, अपनी पंक्ति में जा मिलेंगे। आज तक तुम्हारा एक ही ख़त आया है। शायद तुम्हें काठमांडू का पता भूल गया है। रोज़ वहाँ मैं तुम्हारे एक लफ़्ज का इंतज़ार करती रही। वहाँ मेरे लिए लोगों के पास बहुत शब्द थे, दिल को छू लेने वाले, पर उन्होंने इंतज़ार की चिनगारी को और सुलगा दिया और जला दिया। मुझसे उसका सेंक सहा न गया। तीन दिन के बाद मुझे बुख़ार हो गया।

कल वापिस आई, रास्ते में हवाई जहाज़ बदलकर। सीधे सफ़र की सीट नहीं मिली थी। रात को सवा नौ बजे पहुँची। इंतज़ार कह रहा था कि पहुँचने पर मेरे लिए कोई संदेशा तो ज़रूर होगा।

न जानें तुम्हारे लफ्ज़ों ने इतनी कंजूसी क्यों कर ली है? आज की डाक भी आ चुकी है।

सवाल का जवाब बनने वाले, मुझे इस चुप का मायना तो समझा जाना।

1.2.60

......

ख़त इमरोज़ का

मेरे इंतज़ारों की तस्वीर,

बोलती क्यों नहीं? बोलो तो सही चाहे गुस्से में ही बोलो, शिकायत के साथ बोलो, पर कुछ कहो तो सही।

तुम कुछ हुक्म करो, एक बार मुँह से कहो तो, तुम्हारे कहे को पूरा करने के लिए सब कुछ कुर्बान किया जा सकता है।

मेरी वहशत, मेरे जुनून, मेरी हक़ीकत का इम्तहान तो लो, दुनिया की सारी ख़ूबसूरती और सारी मुस्कराहटें तुम्हारे होंठों पर देखने के लिए मैं जी रहा हूँ . . .

4.2.60

तुम्हारा

जीतो

ख़त इमरोज़ का

अभी-अभी तुम्हारा ख़त मिला है,

अपनी मलिका का पैग़ाम।

मैं अपने सब ख़त पोस्ट करने चला ही था, जो कि रोज़ मैं तुम्हें लिखता था, तुम्हारे साथ बातें करता था। सुन और पढ़कर देखो, फिर जो जी करे कहना।

उदास मत होना, गुस्सा मत होना।

मैंने 25 तारीख़ को तुम्हें एक लंबा ख़त नेपाल में भी लिखा था। शायद वह तुम तक नहीं पहुँचा। नहीं तो मेरे लिए तुम ऐसा न सोचतीं।

तुम मेरी शाम हो, मेरा सवेरा हो या दोपहर हो, मुझे नहीं मालूम, पर तुम मेरी मंज़िल हो, मेरी किस्मत हो।

अब, और कई बार पहले भी, मुझे लगता है, जैसे बंबई आकर मैं अपनी मलिका से गुस्ताख़ी कर बैठा हूँ।

यह सोचकर मन हर चीज़ की तरफ से, अपने काम से, अपने फ़न और सब कुछ से हट गया है।

तुम ख़ूबसूरत शाम ही सही, मगर भूलो मत, तुम ही मेरी सुबह हो, तुम ही मेरी दोपहर हो।

पूरे मन से मेरे साथ, अपने जीती के साथ जीकर तो देखो . . .

3.2.60

. . . . . .

ख़त अमृता का

मेरे गीतों की जान,

आज तुम्हारा ख़त मुझे नसीब हुआ है।

मैं ज़िंदगी की शुक्रगुज़ार हूँ, जिसने मेरे ख़तों के जवाब मुझे लाकर दिए, पर मेरे सारे ख़त तुम्हें क्यों नहीं मिले?

यह मेरा सातवाँ ख़त है। तीन मैंने नेपाल जाने से पहले लिखे थे। एक तो उसी दिन लिखा था, जिस दिन मैं अपना चैन नौ सौ मील दूर भेजकर आई थी, 21 तारीख़ को और फिर रोज़ एक लिखती रही। कभी मैंने दिल के सारे उलाहने के साथ लिखा था, 'यह मेरा उम्र का ख़त बेकार हो गया। हमारे दिल ने महबूब का जो पता लिखा था, वह हमारी किस्मत से पढ़ा न गया।'

पर आज . . . जब वह पता सामने है, तो इन डाकखाने वालों ने लगता है, किस्मत से सांठगांठ कर ली है। इनसे भी यह पता पढ़ा नहीं गया।

नेपाल में टैगोर का एक गीत सुना था –

'तू ही मेरा सागर है, तू ही मेरा मल्लाह
और मैं एक नाव हूँ।
तुम्हें किनारे लगाने को क्यों कहूँ?
डूब भी जाऊँ तो तुझ में ही डूबूँगी,
क्योंकि तुम मेरा सागर भी हो . . .

इस गीत ने बड़ा सहारा दिया।

5.2.60

तुम्हारी आशी

ख़त अमृता का

कल दोपहर जवाहरलाल नेहरू ने ख़ुश्चेव को लंच पर बुलाया था।

वहाँ गई थी।

पंडित जी मुझे बहुत अच्छे लगते हैं, मानवता की सारी ख़ूबसूरती की तस्वीर।

कुछ देर ख़ुश रही मैं, फिर तुम्हारा बिछोह सामने आकर खड़ा हो गया और मुझे सारा दिन सारे काम, सारे मेल-जोल, बेमानी लगने लगे . . .

13.2.60

आशी

ख़त इमरोज़ का

रात के दो बज चुके हैं। ऐसा लगता है, ज़िंदगी की कोई दौलत पास न हो।

कोई कितना ग़रीब हो गया है, तुम नहीं समझतीं।

ऐ मेरी दौलत, आओ . . .

जितनी ख़र्ची जाए, उतनी जीने के लिए ख़र्च लें। आओ, एक-दूसरे का नोट भुना लें।

16.2.60

. . . .

ख़त अमृता का

तुम्हें आना था 14 तारीख़ को तुम नहीं आए।

यह वह सवेरा जबकि सूरज नहीं चढ़ा! मेरी और सूरज की किस्मत, तुम्हें क्या . . .?

गेरी तरह पूरन की सुंदरा ने भी कहा था, 'एक बार वन को चले गए, तो फिर सुंदरा के पास नहीं आए। अरे लोगो, जोगी किसी के मीत नहीं होते।'

कला के जोगी, क्या हर सदी में सुंदरा[1] का यही हाल होगा?

तक़दीर की लकीरों को कोई नहीं बदल सकता, जीती, कल मैंने तुम्हारा कमरा साफ़ किया, शीशे को पोंछा कि शायद इसमें मेरी किस्मत का मुँह दिखाई दे जाए।

सपने नए बन सकते हैं। तुम्हारे ये शब्द मेरे कानों में बोल रहे हैं। एक शोर-सा बनते जा रहे हैं, एक भयानक शोर और मैं शायद इस शोर में पागल हो जाऊँगी। नहीं-नहीं, तुम्हारे नए सपने का महल बनाने के लिए अगर मुझे अपनी ज़िंदगी खंडहर भी बनानी पड़े, तो मुझे कुछ एतराज़ नहीं होगा।

कोशिश करूँगी, मेरा एक हावका भी तुम्हारे शहर न पहुँचे, तुम्हारी तरक़्क़ी के रास्ते में मेरा कोई दर्द हायल न हो।

बदनसीब आशी

---

1. सुंदरा अमृता की नायिका हैं।

ख़त इमरोज़ का

अब और उधार नहीं जिया जाता।

होनी हमारे साथ बहुत दिलफ़रेब खेल, खेल चुकी है। अब हमारी बारी है। होनी से अब हम खेलेंगे।

मेरी हसीन शाम,

आओ, यह शाम जी लें, सारे तन से, सारे मन से, सारे फ़न से . . .

बदनसीब आशी तो मेरी किस्मत है,

मेरी ख़ुशनसीबी है. . ..

अगर यह हसीन शाम है, तो मैं इस शाम को मन की मज़बूती के साथ, मर्दानगी के साथ और अपनी दोपहर के साथ गुज़ारूँगा जीऊँगा।

वक़्त चाहे दूर खड़ा होकर देखता रहे और चाहे हमारे साथ होकर देखे, पर हम जीएँगे और वक़्त से कहीं ज़्यादा ख़ूबसूरत जीएँगे।

इसी वफ़ा के साथ, इसी भरोसे के साथ . . .

19.2.60

तुम्हारा

जीती

ख़त अमृता का

ओ मिर्ज़ा,

अपनी नीली को भी संभाल लो और अपनी साहिबाँ को भी।

जो चार दिन ज़िंदगी ने दिए हैं, उनमें से दो की जगह तीन आरजू में गुज़र गए और बाकी एक दिन सिर्फ इंतज़ार में ही न गुज़र जाए।

अनहोनी को होनी बना लो मिर्ज़ा।

परसों शाम मुझे हलका-सा बुख़ार था। कल बढ़ गया। रात भी इसी तरह कटी . . .

'जिगर' ने शायद मेरी हालत पर ही लिखा था –

इस दर्जा बेकरार थे, दर्द-निहां से हम

कुछ दूर आगे बढ़ गए उम्रे-रवां से हम।

मेरी जान उड़कर आ जाओ,

मेरे दिल से पँख उधार ले लो!

मेरी जान, तुम्हारा यह रुपयों वाला चेक मैं कैश नहीं कराऊँगी। सिर्फ तुम्हारी मोहब्बत का चेक कैश करवाना है, अगर ज़िंदगी के बैंक ने कैश कर दिया तो!

21.2.60

तुम्हारी

आशी

ख़त इमरोज़ का

तुम्हारा ख़त नहीं आया, न सही।

मुझे ख़तों का इंतज़ार नहीं।

मुझे तुम्हारा इंतज़ार है।

तुमने क्या कहा . . . बदनसीबी?

बदनसीबी तो बहुत आसानी से आ जाती है। बदनसीबी तो अपने आप ही बिन बुलाए आ जाती है, पर तुम तो आती ही नहीं हो।

सो तुम बदनसीबी नहीं, ज़रूर मेरी ख़ुशनसीबी हो।

20.2.60

ख़त इमरोज़ का

तुम्हें ट्रंककॉल किया कि तुमसे बात करके कुछ मन ठहर जाएगा, पर वह उलटे और बेचैन हो गया।

मन किसी चीज़ में नहीं लगता, घर खाली लगता है।

बाहर जाता हूँ, तो बाहर भी मन नहीं लगता, वापिस आ जाता हूँ।

अपने आप में से उड़-उड़ तुम्हारे पास जाता हूँ और जब जाया नहीं जाता, तो अपने आप से लड़ता हूँ और बेचैन हो जाता हूँ।

काम कुछ कमाने के लिए कर सकता हूँ, लेकिन पूरे मन के साथ नहीं होता।

सारा मन पास है ही कहाँ!

मेरे मन को हथियाकर कोई दूर ख़ामोश बैठा हुआ है। न जाने उसे ऐसे बेचैन करने, तड़पाने से क्या मिलता है? न जाने कैसी तसकीन! तुम सब कुछ जान-बूझकर उससे यह करवा रही हो।

कोई क्यों इतना पागल होता है, किसी के लिए?

क्यों?

पर तुम्हें क्या?

ओ, चुप हो जाने वाली,

ओ, ख़त न लिखने वाली,

ओ, मेरी सब्रों वाली,

तुम्हें क्या? कोई तुम्हारे लिए हाल से बेहाल हो जाए!

अच्छा, तुम एक बार आओ तो सही,

मैं अपनी बदनसीबी से दो-दो हाथ कर लूँगा।

अगर तुम मेरे पास आ जाओ, मैं कभी किस्मत का, वक़्त का गिला नहीं करूँगा।

जीती

ख़त इमरोज़ का

वह क्या करे, जिसे तुम्हारे बिना रहा न जाए?

क्या तुम मुझे पागल करके छोड़ोगी?

इस दोपहर[1] को क्यों गवाँ रही हो इंतज़ार में, इसे जी क्यों नहीं लेती?

क्या बिछोह तुम्हें बहुत प्यारा है? क्या उसके बिना तुम्हारी कविता जी नहीं सकती?

विरह की कविता तुम्हें शोहरत देती है। इसी ने तुम्हें यह ऊँचा मुक़ाम दिया है। तुम इसके बिना नहीं रह सकतीं, पर जिए बिना रह सकती हो।

तुम्हें यह ज़िंदगी श्राप क्यों है?

अच्छा, जब तुम्हें कविता से फुरसत मिले, दिल-भर जाए, तो मुझे बुला लेना . . . जो कुछ मेरे पास होगा, तुम्हारे लिए-तुम्हारे जीने के लिए, हाज़िर कर दूँगा।

शाम[2] तक तो आ जाओगी?

शाम तो जी कर देख लो . . .

अब मैं पागल हूँ और तुम शायरा!

मज़ा तब आएगा, जब तुम भी पागल के लिए पागल हो जाओगी।

उस वक़्त तक उस तुम्हारी और मेरी शायरा को सलाम!

21.2.60

तुम्हारा पागल जीती

☞ 1. ज़िंदगी की दोपहर

☞ 2. ज़िंदगी की शाम।

ख़त अमृता का

तुम्हारी फूल जैसी चिट्ठी मिली।

वफ़ा की ख़ुशबू आई और मैंने इस ख़ुशबू के कितने ही लंबे घूँट भरे।

एक घूँट भर रही थी कि सेठी[1] का फ़ोन आया मेरी आवाज़ सुनकर वह कहने लगा, 'आज आपकी आवाज़ ख़ुश है।'

मैंने कहा, 'अभी चिट्ठी आई है, मेरी आवाज़ में उसी की परछाई होगी।'

सेठी ख़ूब हँसा।

आज सचमुच हिज्र की रात में रोशनी आने वाली बात है।

तेरी इस प्यारी चिट्ठी ने मेरी याद की बत्ती को भरपूर जलाया हुआ है।

जी करता है तुम अभी कहीं से उजागर हो जाओ,

चाहे धरती से उगो . . . चाहे अंबर से गिरो।

22.2.60

तुम्हारी सदा से

आशी

---

1. एक कलाकार मित्र।

ख़त अमृता का

मेरी तक़दीर

गाड़ी में सीट न मिले, तो हवाई जहाज़ में सीट ले लेना। पैसे का ख़याल मत करना। जो ज़्यादा लगें, वे पैसे मेरे ज़िम्मे।

मुझे बिरहा के गीतों से प्यार नहीं, मिलन की उस मंज़िल से प्यार है, जिसकी कठिन राह को काटने के लिए मैंने बिरहा के गीत लिखे।

मुझे शोहरत प्यारी नहीं, जो बिरहा के गीतों से मिली है।

मैं ज़िंदगी के उस जलवे का इंतज़ार करती हूँ, जो मेरी मंज़िल मुझे दिखाएगी।

आओ, मुझसे अपनी दीवानगी को माप लो।

मुझे लगता है, जैसे साहिर की मोहब्बत के चौदह साल भी तुम तक पहुँचने की एक राह थे।

24.2.60

तुम्हारी अपनी

आशी

ख़त इमरोज़ का

मैं अपनी ज़िंदगी के नोट को तुम्हारी दहलीज़ पर चढ़ा आया हूँ।

वह अब तुम्हारे हाथों के रहमो-करम पर है, भुना लो, खर्च लो या दहलीज़ पर ही पड़ा रहने दो।

तुम नोट को ख़र्चो भी नहीं और उलाहना भी दो, कोई तो तुक की बात करो।

मेरा तो हुनर भी तुम्हारी दौलत है, तुम्हारे ख़र्चने के लिए है।

मेरी उम्र भी ले लो, मुझसे इसका सेंक सहा नहीं जाता।

मुझसे अपनी यह अमानत ले लो।

ओ सब्रों वाली!,

कभी मेरी बेसब्री लेकर तो देखो . . .

22.2.60

तुम्हारा

जीती

ख़त इमरोज़ का

तुम्हारे इंतज़ार में शाम होने लगी है।

तुम्हारा ख़त नहीं आया, ख़ैर तो है?

ओ, मेरी आशा के रंगों की रखवाली, देखना इन रंगों पर कोई परछाँवा न पड़े और न कोई सेंक ही पहुँचे।

इन रंगों को ढूँढ़ते-ढूँढ़ते मैं देखो, सब कुछ गवाँ चुका हूँ और अब ये रंग मेरे हो चुके हैं।

इस किस्मत की ख़ुशी में मुझे कुछ खोने का ग़म नहीं

मेरी रहमत,

मेरा इंतज़ार रखो।

सारा हाल, घड़ी-घड़ी का पल-पल का, मेरे रंगों की ख़बर देती रहा करो।

26.4.60

इन्हीं सब रंगों का

जीती

ख़त अमृता का

मेरे अच्छे जीती,

आज, मेरे कहने से अभी अपने सोने के कमरे में जाना, रेडियो चलाना और बर्मन की आवाज़ सुनना 'सुन मेरे बंधु रे, सुन मेरे मितवा, सुन मेरे साथी रे!'

मुझे बताना कि 'वो लोग कैसे होते हैं, जिन्हें कोई इस तरह आवाज़ देता है?'

मैं सारी उम्र कल्पना के गीत लिखती रही, पर यह मैं जानती हूँ, मैं वह नहीं, जिसे कोई इस तरह से आवाज़ दे।

मैं यह भी जानती हूँ, तुम वह हो, जिसे मैं यह आवाज़ दे रही हूँ। जानती हूँ, मेरी आवाज़ का कोई जवाब नहीं आएगा।

कल एक सपने जैसी तुम्हारी चिट्ठी मिली, पर मुझे तुम्हारे मन के 'कॉन्फ्लिक्ट' का भी पता है। यूँ तो मैं तुम्हारा अपना चुनाव हूँ, लेकिन फिर भी मेरी उम्र, मेरे बंधन, तुम्हारे 'कॉन्फ्लिक्ट' की वजह हैं।

तुम्हारा मुँह देखा, तुम्हारे बोल सुने, तो मेरी भटकन ख़त्म हो गई, पर आज तुम्हारा मुँह इनकारी है, तुम्हारे बोल इनकारी हैं।

क्या इस धरती पर मुझे अभी और जीना है,

जहाँ मेरे लिए तुम्हारे सपनों का दरवाज़ा बंद है?

तुम्हारे पैरों की आहट सुनकर मैंने ज़िंदगी से कहा था–

अभी दरवाज़ा बंद मत करो हयात,

रेगिस्तान से किसी के कदमों की आवाज़ आ रही है।

पर आज मुझे तुम्हारे पैरों की आवाज़ सुनाई नहीं दे रही है।

अब ज़िंदगी से क्या कहूँ कि सारे दरवाज़े बद कर ले. . .?

26.6.60

ख़त अमृता का

मेरे सब कुछ,

मैं कहीं नहीं जा रही हूँ।[1]

तुम्हारे बिना मुझे कुछ अच्छा नहीं लगता।

मुझे परदेसों की शोहरत नहीं चाहिए।

मैंने जिसके लिए मोहब्बत के गीत लिखे, अगर मेरे गीत उसे मंजूर नहीं, तो उन गीतों की बेगानों से तारीफ़ पाकर क्या करूँगी?

एक गुजराती गीत है –

'माथे के तुम्बे में लाख-लाख मोती, पर दिल तुम्हारे बिना खाली।

सयानेपन के लाख-लाख मोती, पर दिल तुम्हारे बिना खाली।'

हर जगह जाने के लिए मुझे पासपोर्ट का फॉर्म भरना पड़ता है और मैं उस तरह का कुछ भी भरने को तैयार नहीं, जो तुम्हारी ख़ुशी छीन ले।[2]

जहाँ मेरी सारी उम्र तुम पर कुर्बान है, वैसे मैं परदेसों की प्रसिद्धी भी कुर्बान कर दूँगी।

मैं कहीं नहीं जाऊँगी।

तुम्हारा इंतज़ार करूँगी सारी उम्र।

26.4.60

तुम्हारी आशी

---

1. इस वर्ष अमृता को रूस से बुलावा आया था।
2. पासपोर्ट व वीज़ा के फॉर्म भरते हुए औरत को अपने पति का नाम भरना पड़ता है, जो अमृता को रास नहीं आता था। वह इस तरह इमरोज़ का दिल नहीं दुखाना चाहती थी।

ख़त इमरोज़ का

लो मलिका,

अब मैं अपना सब कुछ तुम्हारे आँचल में एक नोट की तरह बनाकर दे रहा हूँ, तुम्हारी बे-एतबारी के पल्ले में. . .

अपने सपनों, अपने चाव, इस शहर से हमेशा के लिए उधेड़कर तुम्हारे शहर, तुम्हारी चाहतों, तुम्हारी ख़ुशियों के साथ जोड़ रहा हूँ।

और अपना एतबार भी तुम्हारी बे-एतबारी के साथ।

मैं तो आ रहा हूँ।

अब एतबार देखिए कब आता है?

29.4.60

......

ख़त अमृता का

मेरे जीती,

जीवी[1] मेरे सामने बैठी हुई है, सुंदर, चंचल और गले में झूला-झूलने वाली जीवी, फिर वह एक चेहरा देख बैठी और बावली हो गई। किस्मत ने वह मुँह तो दिखा दिया, पर उस राह की ठोकरें नहीं दिखाईं और जीवी उसके मुँह के पीछे-पीछे चल दी, जहाँ भी वह ले गया। न जाति मिले, न राह। वह हालात के हवाले हो गई। जिस चेहरे को देखकर चल पड़ी थी, उसने भी ख़बर न ली। कितनी ही पीड़ा पीती रही और अंत में उसे ज़िंदगी की ठोकरों ने पागल कर दिया।

पागल जीवी को उसके प्यार ने देखा। सुंदर बाँकी जीवी को उसने समाज की ख़ातिर छोड़ दिया था, पर गलियों के टुकड़े बीनने वाली पागल जीवी को वह न छोड़ सका। उसका हाथ पकड़कर खड़ा हो गया समाज के सामने, सारे सामाजिक मूल्यों के सामने। जीवी मेरे भीतर समाई जा रही है, मेरी कलम में, मेरी कल्पना में, मेरी हकीकत में।

मेरे जीती,

जब मैं जीवी की तरह सारा होश गवाँ बैठूँगी, फिर शायद तुम्हारे मन में उस दिन वाला फैसला जागेगा, जिस दिन तुम मेरा हाथ पकड़कर अँगूठियाँ ख़रीदने चल पड़े थे। तुम्हारा वही अपनत्व जागेगा, तुम्हारा वही रिश्ता जागेगा और उस रिश्ते की लाज जागेगी।

26.4.60

तुम्हारी दुःखी आशी

---

1. उन दिनों अमृता गुजराती उपन्यास *जीवी* का अनुवाद कर रही थीं।

ख़त अमृता का

मेरे विश्वास,

ज़िंदगी के दुःख-सुख, अपने और मेरे, दो नदियों की तरह मिल जाने दो और फिर जैसे पानी की लकीर नहीं पड़ती, तुम्हारे-मेरे बीच कोई लकीर न खींची जा सके।

29.4.60

तुम्हारी सलामती चाहनेवाली
आशी

ख़त इमरोज़ का

मेरी किस्मत, मेरी मलिका,

मैं ख़ुद तुम्हारे पास आ रहा हूँ, इसी वीरवार को 15 मई, सुबह 10 बजे तुम्हारे शहर पहुँच जाऊँगा।

तुम तैयार रहना मेरी साहिबां, मैं तुम्हें अपनी नीली[1] में बैठाकर अब हमेशा के लिए अपने पास ले जाऊँगा, तुम्हें संभाल लूँगा।

अपनी दोपहर के सारे रंग तुम्हारी शाम में मिलाकर तुम्हें और हसीन और रंगीन बना लूँगा।

एक दिन और इंतज़ार, केवल एक दिन और, जहाँ पहले तीन साल का इतना लंबा इंतज़ार किया है, उम्र जितना लंबा।

3.5.60

सारा तुम्हारा
जीता

---

1. 'नीली' अमृता और इमरोज़ की कार का नाम था।

संदर्भ

मई, 1960 में अमृता और इमरोज़ बंबई गए अपनी पहली नीली कार में। पहली रात ग्वालियर में आई और दूसरी इंदौर में।

उन दिनों अमृता नवतेज को अपना अच्छा दोस्त मानती थी। इसलिए अपने मन की ख़ुशी सबसे पहले उसी से बाँटना चाहती थी।

उस रात इंदौर के लैन्टर्न होटल से अमृता ने नवतेज को एक ख़त लिखा।

ख़त अमृता का

प्यारे नवतेज!

1953 ने एक सवाल उठाया था, नौ सौ मील रेत-ही-रेत बिछी हुई है?

अब 1960 की डाची ने अपने गले की घंटी बजाकर कहा है, 'मैं उस रेगिस्तान को पार करूँगी।' उसने 8 तारीख़ सवेरे नौ का आठ और आठ का सात बना दिया।

आज 9 तारीख़ को उस डाची ने 7 का 6, 6 का 5, 5 का 4 और 4 का 3 बना दिया है। बाकी 370 मील रह गए हैं।

इन नौ सौ मीलों ने कभी मुझसे 'सुनेहड़े', 'आख़िरी ख़त', 'एक सवाल' और 'कस्तूरी' लिखवाए थे।

हैमिंग्वे का उपन्यास *ओल्ड मैन एंड द सी* पढ़ रही थी। परसों-चौथ, 84 दिनों की भूख और तलाश के बाद वह मछेरा कहता है, 'क्या मैं आज पचासवें दिन थोड़ी-सी किस्मत नहीं खरीद सकता?'

'मेरा ख़याल है किस्मत को ख़रीद लेना अब मेरा हक़ बनता है। 84 दिनों की भूख और तलाश से मैं उसकी कीमत चुका बैठा हूँ।'

यह 'सुनेहड़े', 'आख़िरी ख़त', 'एक सवाल' और 'कस्तूरी' लिखकर क्या मैं भी नौ सौ मीलों को पार कर लेने की कीमत नहीं चुका बैठी हूँ? अब इन मीलों को पार कर लेना मेरा हक़ बनता है।

मुझे ऐसा लगता है दारजी[1] इस रेगिस्तान में मुझे घूँट-घूँट पानी देते रहे हैं। उनके बोल मेरे कानों की अमानत हैं। उनसे कहना, मैं यह अमानत संभालकर रखूँगी।

---

1. नवतेज के पिता और *प्रीत लड़ी* मासिक पत्रिका के सुविख्यात संपादक सरदार गुरबख्श सिंह।

इस सफ़र में मेरा यह पहला ख़त आपके और मेरे दारजी के लिए है।

लैन्टर्न होटल, 9 मई, 1960

आपकी

अमृता

ख़त इमरोज़ का

सुनो,

टू लव समबडी इज़ नॉट जस्ट ए स्ट्रांग फीलिंग, इट इज़ ए डिसीज़न, ए जजमैंट . . .

आज भी सिर्फ तुम्हें ही बता सकता हूँ और बता रहा हूँ कि मैं कितना बेआराम हूँ और किसी की समझ में नहीं आ सकता।

चाहे तुम्हें इस समय मेरा कुछ भी सुनाई न दे, पर मैं किसे बताऊँ?

चाहे हक़ कहीं दूर जा बैठा है, बेमायनी होकर शायद इस ख़त की तरह बेजान।

3.11.60

......

ख़त इमरोज़ का

बड़े काले ट्रंक में तुम्हारी चीज़ें संभालकर रख रहा हूँ।

पहले तुम्हारी साड़ियाँ रखीं, फिर तुम्हारी कमीज़ें, सलवार, रूमाल, चूड़ियाँ रखीं। तुम्हारी फाइलें रखीं, फिर कहानियों और कविताओं की किताबें रखीं और सब के बाद सबके ऊपर सफ़ेद ऊन की गुच्छियाँ और सलाइयों में पड़ी हुई अपनी अधूरी बनियान रखी।

अगर कभी वह पूरी हो जाती . . . अब मेरी भी अधूरी ज़िंदगी में तुम्हारी याद की सलाइयाँ इस अधूरी बनियान की तरह टँगी हुई हैं और शायद हमेशा के लिए टँगी ही रहेंगी।

ट्रंक में अभी और बहुत जगह थी। मैं अपनी बन रही अधूरी बनियान में अपने दोनों हाथ डालकर कितनी ही देर तक उस ट्रंक में सिर रखकर और अपना दिल रखकर पड़ा रहा। अपने सारे अधूरे सपने उस अधूरी बनियान से मिलाता रहा।

यह ट्रंक कभी पूरे होने वाले सपनों से भरकर बंबई आया था. . .

मेरी अधूरी तस्वीरें जब भी तुम्हें दिखाई दें, ज़रूर देखना, तुम्हारी आँखों में ये तस्वीरें थीं, नहीं तो फ़कत लकीरें. . .

4.11.60

......

ख़त इमरोज़ का

वो दिन,

वो रातें,

वो तुम,

वो मैं,

वो तुम्हारी बातें,

वो मेरी अमानतें,

वो मेरे लम्हे,

क्या पता था मेरा जीती ही ले जाएँगे, मेरा मर्द ही ले जाएँगे।

मेरा चैन मेरा हौसला सब कुछ ले जाएँगे।

पर मैं तुम्हारी तरह ख़ामोश नहीं रहूँगा।

मैं अपना सब कुछ ले जाने वाली को, दिलेरी की हद तक, हिम्मत की हद तक, ज़िंदगी की हद तक, नज़र की हद तक, तसव्वुर की हद तक खोजूँगा।

खोजकर ले लाऊँगा।

12.11.60

नसीब के लिए भटकने वाला

जीवी

ख़त इमरोज़ का

स्टूडियो साफ कर रहा हूँ।

छोटी मेज पर रखी हुई तुम्हारे पोर्टेट को पोंछते हुए हाथ रुक गए। आँखें ठहर गईं।

तस्वीर की तरफ देखता ही रहा, जिसे बनाकर कितना गर्व का अनुभव करता था।

पर आज आर्टिस्ट ख़ुद, उस तस्वीर का क्रिएटर, तस्वीर के आगे, अपने क्रिएशन के आगे झुक गया।

आँखों में मेरी नज़रें झुक गईं। इनमें मेरा मान झुक गया।

अब मैं उस तस्वीर से आँखें नहीं मिला पा रहा।

पर मैं रोज़ उसे पूजता हूँ, मेरी पूजा न जाने कब कबूल होगी।

14.11.60

......

ख़त इमरोज़ का

रात को सपने में देखा, तुम किचन में गोभी के पराठे बना रही थीं।

मैं और सैली तुम्हारे दाएँ-बाएँ बैठे हुए खा रहे थे।

तुम खिला रही थीं, ख़ुश थीं . . .

आज सवेरे से कमरे में लेटते-बैठते सोचता रहा।

आज मैं कुछ नहीं खा सका।

रात को तुम्हारे हाथों से बहुत खा चुका था न. . .

18.11.60

ख़त इमरोज़ का

मेरे ख़त तुम्हें नहीं ला सके,

तुम्हें नहीं बुला सके,

तुम्हारी तकलीफ़ और तुम्हारी हालत को मैं समझ सकता हूँ।

आशी,

न जाने क्यों मैं तुम्हारे बिना नहीं रह सकता, नहीं जी सकता।

मैंने देख लिया है, परख लिया है।

तुम्हारे पास से, जिस दिन से आया हूँ कुछ भी काम नहीं किया है, न होता ही है।

तुम्हारे बिना कुछ भी सोचा नहीं जाता। ज़िंदगी तो कहाँ रही. . .

मैं तड़प रहा हूँ अपनी आग में आप ही. . . उसी यकीन और उसी दिलेरी से, जिससे तुम्हें अपनाया था।

26.11.60

तुम्हारा वक़्त, तुम्हारा जीती

ख़त इमरोज़ का

तसव्वुर की खिड़की में से तुम्हें देख रहा हूँ।

तुम ख़ामोश हो, सिर झुकाए हुए।

तुम तो तब भी मुझसे सब बातें कर लिया करती थीं, जब मैं तुम्हारा कुछ भी नहीं लगता था।

अब तो तुम्हारा कुछ हूँ।

जन्म से तुम्हारा सारा अपना।

सिर्फ कुछ दिनों से कुछ ग़ैर।

यह ख़ामोशी एक अंधेरे की तरह मेरे तसव्वुर पर छा जाती है। कई बार कितनी-कितनी देर तक खिड़की में से कुछ दिखाई नहीं देता।

कब तुम नज़र भरकर मुझे देखोगी और कब मेरी रोशनी मेरी तरफ देखेगी।

कब मैं और मेरा तसव्वुर रोशन होंगे?

21.11.60 सुबह

......

ख़त इमरोज़ का

मेरे प्यार,

इस चुप के अँधेरे में मैं और नहीं रह सकता।

28 तारीख़, सोमवार सवेरे साढ़े दस बजे मैं तुम्हारे पास आ रहा हूँ।

तुम्हें, अपनी रोशनी को, बजाते-ख़ुद लेने के लिए आ रहा हूँ।

अपनी ख़ुदी भी तुम्हारे बग़ैर बेजान लगती है, बेमानी लगती है।

जो कुछ भी हूँ, अच्छा-बुरा तुम्हारा हूँ।

तुम जो कुछ भी हो मेरी हो।

मेरी अमानत, मेरी ख़ूबसूरत शाम।

जहाँ भी रहना चाहो, मुझे साथ गिन लेना।

अलग अब कोई नहीं रहेगा।

21.11.60

तुम्हारा समय

जीती

ख़त इमरोज़ का

तुम्हें ज़िंदगी एक अजनबी मोड़ पर ले आई है।

तुम चुप हो मुझसे, सब कुछ से।

और अब मैं चुप हूँ, अपने आप से।

आँखें बंद करता हूँ, तुम्हें आशी के रूप में देखने के लिए, पर आँखें न बंद हो रही हैं, न कुछ दिखाई दे रहा है।

न मैं तुम्हें अजनबी देख सकता हूँ, न अपने-आपको. . .

23.11.60

जीती

ख़त इमरोज़ का

आशी,

तुम्हारी नज़्में, तुम्हारी कहानियाँ, तुम्हारे उपन्यास, तुम्हारी फाइलें, तुम्हारी साड़ियाँ, तुम्हारी कमीज़ें, तुम्हारी चूड़ियाँ, तुम्हारे पर्स, तुम्हारी तस्वीरें, तुम्हारा जीती, अधूरी बनियान, हम सब अधूरे आ रहे हैं।

सवेरे साढ़े दस बजे डीलक्स से हम नई दिल्ली स्टेशन पर पहुँच रहे हैं। तुमसे मिलने के लिए, देखने के लिए इंतज़ार करेंगे। ख़ुद आकर ले जाना हमें। जब तक तुम नहीं आओगी, हम वहीं स्टेशन पर तुम्हारा इंतज़ार करेंगे।

मैं जीती, कभी तुम्हारा सारा अपना, अब एक अजनबी तुम से मुखातिब है।

कभी तुमने बंबई आते समय तीन दिन माँगे थे, आज मैं माँग रहा हूँ।

चाहे तीन दिन-दो,

चाहे तीन पहर,

चाहे तीन घंटे

या चाहे तीन मिनट ही. . .

29.11.60

जीती

वह जब भी मिलती है
अकसर एक अनलिखी नज़्म
नज़र आती है
इस अनलिखी नज़्म को
मैं कई बार लिख चुका हूँ
पर यह अनलिखी ही रह जाती है।

जवान सोच के साथ उड़कर
मैं ज़िंदगी का आसमान भी
देख आया
और एक सच भी
कि मनचाही ज़िंदगी ही
ज़िंदगी का आसमान है. . .

पैर खोलो तो धरती अपनी है
पँख खोलो तो आसमान. . .

तू मेरी समाज
और मैं तेरा समाज
इस से ज़्यादा
और कोई नहीं समाज

न किसी से बात करके बात बनी
न किसी के साथ चलकर कहीं पहुँच
न किसी के साथ सोकर जागे

वह मिली
उसने मुझे देखा पता नहीं क्या देखा
मैंने उसे देखा पता नहीं क्या देखा
बोले भी नहीं पर बात बन गई
चले भी नहीं और पहुँच गए
सोये भी नहीं और जाग गए. . .

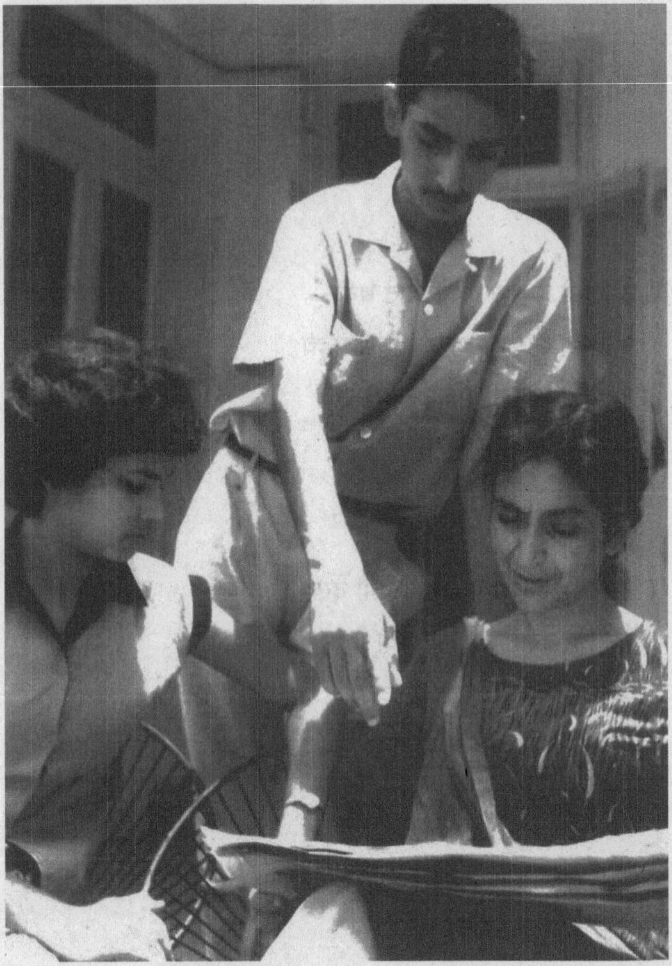

मनचाही नस्ल सिर्फ तब पैदा होगी
जब बच्चा न अनचाहे मर्द का होगा
न अनचाही औरत का. . .

खाली कागज़ भी
साफ दिल जैसा होता है
जिस पर लिख सकते हैं
अपनी जान किसी के नाम. . .

मैं रंगों से खेलता हूँ
रंग मुझसे खेलते हैं
रंगों से खेलता-खेलता
मैं भी रंग हो जाता हूँ
कुछ बनने कुछ न बनने से
बेफिक्र बेपरवाह . . .

ख़त इमरोज़ का

रात की रोशनी तुम,

दिन का अँधेरा मैं,

पाक हांडी तुम,

गीली लकड़ियाँ मैं,

मेरी हार की कहानी, मेरी मोहब्बत की क़ब्र और काँट-काँठे अपने मन की कमीज़ मैं ही तो हूँ।

अपनी हार की कहानी पढ़कर संभालकर रख ली है, जैसे तुम्हारे प्यार के ख़त रखता था, जैसे तुम्हारी तस्वीरें रखता हूँ।

मैं डिज़ाइन बनाता था, पर मोहब्बत की क़ब्र की तस्वीर जो कहानी में तुमने लिखकर बनाई है, जो मेरे नाम डेडिकेट की है।

तुम क्या नहीं लिखकर कर रहीं!

तुम इतना प्यारा लिखती हो, मैं सारी पीड़ा सह जाता हूँ।

24.12.60

जीती

संदर्भ

ये 1961 के शुरू के ख़त हैं, जिन पर न कोई तारीख़ है, न कोई दस्तख़त।

उन दिनों अमृता ने एक कहानी लिखकर भेजी थी, जिसका नाम था 'रोशनी का हावका'। इसमें एक ख़त था, फिर एक कविता लिख भेजी, 'साल मुबारक'। यह भी एक ख़त था।

फिर एक उपन्यास भेजा, *फाउनटैन हैड* आइनरेंड का।

यह भी इमरोज़ ने एक ख़त समझकर पढ़ा।

यह ख़त जिन पर अमृता ने न तारीख़ लिखी, न नाम, अपने गुस्से की शिखर दोपहर में लिखे। शायद गुस्से में न वक़्त याद रहता है, न नाम।

ख़त अमृता का

जीती,

तुम्हारे और मेरे नसीबों में बहुत अंतर है।

तुम वह ख़ुशनसीब इंसान, जिससे तुमने मोहब्बत की, उसने तुम्हारे एक इशारे पर सारी दुनिया वार दी।

पर मैं वह बदनसीब इंसान हूँ, जिसे मैंने मोहब्बत की, उसने मेरे लिए अपने घर का दरवाज़ा बंद कर दिया।

दुःखों ने अब मेरे दिल की उम्र बहुत बड़ी कर दी।

अब मेरा दिल उम्मीद के किसी खिलौने के साथ नहीं खेल सकता।

हर तीसरे दिन पंजाब के किसी-न-किसी अख़बार में मेरे बंबई में बिताए हुए दिनों का ज़िक्र होता है, बुरे-से-बुरे शब्दों में, पर मुझे उनसे कोई शिकवा नहीं है, क्योंकि उनकी समझ, मुझे समझ लेने के काबिल नहीं।

केवल दर्द इस बात का है कि मुझे उसने नहीं समझा, जिसने मुझे कभी कहा था, 'मुझे अपने सारे सवालों का जवाब बना लो।'

मुझे अगर किसी ने समझा है, तो वो तुम्हारी मेज़ की दराज़ में पड़ी हुई रंगों की बेज़बान शीशियाँ हैं। जिनके बदन मैं रोज़ पोंछती हूँ, उन्हें दुलारती हूँ।

वो रंग मेरी आँखों में देखकर मुस्कुराते हैं, क्योंकि उन्होंने मेरी आँखों की नज़र का भेद पा लिया है।

उन्होंने समझ लिया है कि मुझे तुम्हारी क्रिएटिव पावर से ऐसी ही मोहब्बत है।

वो रंग तुम्हारे हाथों के स्पर्श के लिए तरसते थे और मेरी आँखें उन रंगों से उभरने वाली तस्वीरों के लिए।

वो रंग तुम्हारे हाथों का स्पर्श इसलिए माँगते थे, क्योंकि दे वांटेड टु जस्टीफाई देयर एग्ज़िस्टैंस।

मैंने तुम्हारा साथ इसलिए चाहा था कि मुझे तुम्हारी कृतियों में अपने अस्तित्व के अर्थ मिलते थे। ये अर्थ मुझे अपनी कृतियों में भी मिलते थे, पर तुम्हारे साथ मिलकर अर्थ बड़े शक्तिशाली हो जाते थे।

तुम एक दिन अपनी मेज़ पर काम करने लगे थे कि तुमने हाथ में ब्रश पकड़ा और पास रखी हुई रंग की शीशी को खोला। मेरे माथे ने जाने तुमसे क्या कहा तुमने हाथ में लिए हुए ब्रश पर थोड़ा-सा रंग, लगाकर मेरे माथे से छुआ दिया। न जाने वह मेरे माथे की कैसी ख़ुदगर्ज माँग थी, आज मुझे उसकी सज़ा मिल रही है।

आदम ने जैसे गेहूँ का दाना या सेब खा लिया था, तो उसे बहिश्त से निकाल दिया था. . .

एक और ख़त और एक दिन

बकल एक रूसी आर्टिस्ट आया था। उसने मुझे सामने बैठाकर मेरा एक स्कैच बनाया।

उन पलों की पीड़ा को कोई नहीं समझ सकता। मैंने एक निगाह उस स्कैच को देखा, फिर मेरी आँखें भर आईं।

पैंसिल भी मेरी तरह रोई होगी कि काश वह तुम्हारे हाथ में होती, सिर्फ तुम्हारे हाथ में।

फ़ैज़[1] को इस बदनसीब औरत का सलाम देना, जिसने उसकी जीवनी लिखी।

---

1. बंबई का आर्टिस्ट फ़ैज़, जिसकी ज़िंदगी पर अमृता ने *बुलावा* उपन्यास लिखा था।

एक और ख़त और एक दिन

तुम्हारा ख़त मिला। जीती दोस्त, मैं तुमसे गुस्सा नहीं हूँ।

तुम्हारा मिलना दोस्ती की हद को छू गया।

दोस्ती मोहब्बत की हद तक गई।

मोहब्बत इश्क की हद तक और इश्क जुनून की हद तक।

जिसने यह जुनून की हद देखी हो, वह कभी गुस्सा नहीं हो सकता। अगर यह अलग होना कोई सज़ा है, तो यह सज़ा मेरे लिए है, क्योंकि यह रास्ता मेरा चुना हुआ नहीं है। मेरा चुना हुआ रास्ता मिलन का था। अलग होने का रास्ता तुम्हारा चुना हुआ है, तुम्हारा अपना चुनाव, इसलिए तुम्हारे लिए यह सज़ा नहीं है।

यह मैंने कभी नहीं सोचा कि तुम्हारी मोहब्बत पाक नहीं थी, लेकिन उस मोहब्बत में एक प्यास थी, जवानी की प्यास। इस प्यास को तुम्हें तृप्त करना होगा, जीती। तुम और मैं, दोनों इस प्यास का भयानक रूप देख चुके हैं। तुम जैसे मुझे तड़पती को एक 'पराये घर'[1] में . . . . यह तुम्हारा रूप नहीं, तुम्हारी प्यास का भयानक रूप था।

तुम दस बरस तक जी भरकर इस प्यास को मिटा लो, फिर तुम्हारे जिस्म पर पर पड़े सारे दाग मैं अपने होंठों से पोँछ दूँगी।

अगर तुमने फिर भी चाहा, तो मैं तुम्हारे साथ जीने के लिए भी तैयार हो जाऊँगी और मरने के लिए भी . . .

---

1. 'पराया घर' बलवंत गार्गी के घर के संदर्भ में इस्तेमाल किया गया है।

ख़त इमरोज़ का

तुम ज़िंदगी से रूठी हुई हो।

मेरी भूल की इतनी बड़ी सज़ा नहीं, आशी!

यह बहुत ज़्यादा है, यह दस साल का वनवास नहीं। नहीं, मेरे साथ ऐसा न करो।

मुझे आबाद करके वीरान मत करो।

6.12.60

जीती

तुम्हारा

ख़त इमरोज़ का

वह मेज़, वह दराज़, वो रंगों की शीशियाँ, उसी तरह अपने उस स्पर्श का इंतज़ार करते हैं, जो उन्हें प्यार करती थी, जो इनकी चमक बनती थी।

वह ब्रश, वह रंग, अभी भी उस माथे को तलाश करते हैं, उसका इंतज़ार करते हैं, जिसके माथे का शृंगार बनकर ताज़ा रहते थे, नहीं तो अब तक सूख गए होते।

तुम्हारे इंतज़ार का पानी डालकर मैं जिन्हें सूखने नहीं दे रहा हूँ, लेकिन इनकी ताज़गी तुम्हारे साथ से ही है, तुम जानती हो।

ताज़गी! मैं भी तुम्हारा इंतज़ार कर रहा हूँ, रंगों में भी और ज़िंदगी में भी।

1.1.61

जीती

ख़त इमरोज़ का

तुम्हारे दोनों ख़त मिले।

पहले ख़त में तुम्हारी नज़्म मिली, तुम्हारे दर्द की नज़्म, अपनी पीड़ा की नज़्म, जो हर पल तुम जी रही हो, मैं जी रहा हूँ।

दूसरे ख़त में तुम्हारी चिट्ठी मिली। आँखें भरती रहीं और 'दस बरस' पर ढुलक गईं।

दस बरस मेरे रंग और मैं और मेरी मेज़ की दराज़ अपने दरवाजे खोले तुम्हारा इंतज़ार करेंगे।

आज का तुम्हारा ख़त एक फैसला है, तुम्हारी पीड़ा का और मुझे तुम्हारी मोहब्बत की तरह कबूल है।

यह लंबा, तल्ख़ इंतज़ार दस बरस का अपनी हद और तुम्हारा मेल लेकर मुझे बुला रहा है।

ख़ुदा हाफ़िज़!

2.1.61

जीती

ख़त इमरोज़ का

तुम्हारा यह दस बरस का सराप आज मुझे वरदान जैसा लगा है।

मेरे आगे से सारा अँधेरा हट गया है, एक रोशनी की किरन चमकती हुई दिखाई दी है। आज दस बरस के इंतज़ार की ऊँची दीवार पर।

विचारों को राह मिल गई है। मंज़िल का खोया हुआ पता मिल गया है।

इस जुनून पर, इस अपनेपन पर, इस यकीन पर एक दस बरस तो क्या, कई दस बरस कुर्बान किए जा सकते हैं।

2.1.61, रात

जीती

ख़त इमरोज़ का

एक बाग मैं था तुम्हारे साथ।

पीले फूलों के पेड़ के नीचे लेटा हुआ था लाल पर्स, सिर के नीचे रखे हुए। दस साल धीरे-धीरे बीत रहे थे कि एक तेज़ आवाज़ आई। मैं चौंककर उठा दरवाजे की घंटी बजी थी।

तार आया, तुम्हारा तार, तुम्हारा नाम पढ़कर एकदम कुछ हुआ, तेज़ी से, जैसे दस साल का वह धीरे-धीरे कटने वाला रास्ता तेज़ी से गुज़र गया हो। तुम्हारा मिलन जैसे मुझे जगा रहा हो, 'उठो तुम्हारी रात ख़त्म हुई। मुझे कई बार ऐसे होता है, लगता है, मैं अपने कंधे पर उस जगह को कई बार देखता हूँ, जहाँ तुम चूम-चूमकर निशान डाल देती थीं। बाहर वह निशान अब कहीं नहीं दिखता, पर अंदर, कहीं गहरे अंदर मिलता है. . . मैं अपनी आशी को खोजता हूँ। वह काला जीती भी अब तुम्हें ही खोजता है, जो कभी और सोचता था।

वह अब आज़ाद है, पर वह और कुछ नहीं सोचता अब और कुछ नहीं खोजता। अब वह शर्मसार है, पर अब तुम देखना रंग काला नहीं रहा उसका, वह आशी रंगा हो गया है।

9.1.61, चार बजे सुबह

जीती

ख़त इमरोज़ का

आशी,

कल टाइम्स वालों से फिर बात हुई थी। सिर्फ पेमेंट का फैसला नहीं हो सका। मैं पन्द्रह सौ कहता हूँ, वह बारह सौ तक तैयार हुए हैं, पर उन्हें मेरा काम पसंद है।

कल उन्होंने सारा प्रिंटिंग डिपार्टमेंट दिखाया, कैसे एक घंटे में उनकी मशीन बीस हज़ार कॉपियाँ छापकर स्टिच करके तैयार कर देती हैं।

पर कुछ अच्छा नहीं लग रहा तुम्हारे बग़ैर।

तुम पास होती, ख़ुशी से घर भर देतीं।

जब भी मेरे काम की कद्र होती है, तुम्हारी मान और गर्व से भरी आँखें ढूँढ़ता हूँ और ढूँढ़ने में मैं ख़ुद खो जाता हूँ।

जब भी कोई सुंदर वस्तु, सुंदर दृश्य, सुंदर तस्वीर, सुंदर औरत, सुंदर बच्चा और कुछ भी सुंदर देखता हूँ, सारे अंतर में एक पीड़ा होती है। एक अँधेरा अंदर-बाहर फैलता हुआ लगता है। इस पीड़ा, इस अंधेरे पर गुस्सा भी आता है। उस समय जी में आता है कि भूल जाऊँ, सब कुछ भूल जाऊँ, तुम्हें भी भूल जाऊँ, लेकिन इस तरह भुलाने पर तुम और याद आती हो।

आशी!

समझ और पहचान क्या कुछ गँवाकर ही आती है?

क्यों?

अपनी मोहब्बत का रियलाइज़ेशन आया, जब सब कुछ वीरान हो चुका था।

आशी, यह बहुत ज़ुल्म है, दस साल के लिए अँधेरा न करो, मेरी निगाहों के आगे, मेरे हाथों के आगे, मेरे सब-कुछ के आगे।

कौन जाने यही दस साल का समय सारी उम्र हो।

मैं जान चुका हूँ, पहचान चुका हूँ, सब कुछ खोकर।

अब समझ, पहचान, रियलाइज़ेशन सब आ चुके हैं।

तुम भी आ जाओ।

अपने सब कुछ के इंतज़ार में

जीती

संदर्भ

अमृता जब पहली बार 23 अप्रैल, 1961 को रूस गई थीं, तब वह इमरोज़ से नाराज़ थीं। इमरोज़ बंबई से दिल्ली तो लौट आए थे, लेकिन फ़िज़ा अपनी नहीं हुई थी।

फिर भी उन्होंने अमृता को रूस जाते वक़्त मोतिया के फूल दिए थे।

रूस से अमृता ने इमरोज़ को सिर्फ एक ख़त लिखा वह यही है।

ख़त अमृता का

जीती,

ज़िंदगी ने जो भी ख़ूबसूरत पल मुझे दिए हैं, मैं उनकी शुक्रगुज़ार हूँ।

कीमतों की परवाह नहीं।

तुम्हारी मोहब्बत के लिए मैंने कितने बड़े विद्रोह की कीमत अदा की है।

तब भी मैं उन पलों को महँगा नहीं कर सकती।

यहाँ आज बिल्कुल पराए देश ने जिस तरह फूलों से मुझे अपनाया है, राइटर्स यूनियन ने मेरे आने से पहले एक लेख छापा है, 'ख़ुशामदीद हमारी दोस्त अमृता' और जुल्फ़िया ने जैसे मेहमाननवाज़ी की है। मैंने कहा, 'कभी मैंने कविता लिखी थी, ज़िंदगी की मेहमाननवाज़ी हम देख चुके', पर आज मैंने यह बात कही थी, उस समय मेरे बालों में तुम्हारे दिए मोतिया के फूल भी लगे हुए थे।

25.4.61, ताशकंद

ख़त इमरोज़ का

दुनिया में कितना कुछ दिलफ़रेब है बहलाने के लिए, पर जाने के लिए सिर्फ वह, जो मैंने तुम में देखा था।

वह तुम्हारे सिवाए और कहीं, कभी नहीं दिखाई दिया।

तुम्हें कैसे दिल दिखाऊँ, जिसमें कुछ और नहीं ठहरता।

तुम्हारे तसव्वुर के आगे कुछ नहीं ठहरता। तुम कहाँ चली गई हो?

15.1.61

जीती

ख़त इमरोज़ का

मेरी जान,

तुमने कुछ नया लिखा, तो ज़रूर होगा, फिर भेजा क्यों नहीं? मैं इंतज़ार कर रहा हूँ।

मेरा काम भी, मेरी सेहत भी, मेरी आमदनी भी, मेरे विचार भी, मेरी उम्र भी, सब ठहर गए हैं।

ठहरे हुए हैं, शायद किसी का इंतज़ार कर रहे हों।

मुझे ख़ुद यह मालूम नहीं था कि कोई किसी के लिए ऐसे सोच सकता है, तड़प सकता है, बँध सकता है, किसी एक के साथ।

पर जिये बिना सच कभी समझ में नहीं आ सकता, पर क्या सब कुछ गँवाकर, सब कुछ हारकर समझ आती है?

पर सिर्फ समझ से ही तो जिया नहीं जा सकता। अगर यह समझ सब कुछ लौटाकर नहीं ला सकती, तो यह समझ आई ही क्यों है?

18.1.61

जीती

ख़त इमरोज़ का

मेरे प्यार,

ख़ूबसूरती से, जवानी से, यह शहर, यह दुनिया भरी पड़ी है।

काम की भी कोई कमी नहीं, फिर मेरे जैसे काम करने वाले के लिए, आर्टिस्ट के लिए।

पर किसी ख़ूबसूरती की तरफ मन खिंचता नहीं। किसी काम के लिए दिल नहीं होता। सब कुछ जैसे एक भटकन बनकर रह गए हों मेरे लिए।

आशी, अब अपनी समझ, अपने मन की पहचान हुई है। अब वह 'मैच्योरिटी' आई है, इस 'सफ़रिंग' के कारण, जिसे तुम हमेशा चाहती थीं, कॉनफ्लिक्ट' गया, तो 'मैच्योरिटी' आई। सफ़रिंग मिली, तो समझ आई।

तुम गईं, तो तुम्हारी कीमत जानी। तुम मेरे साथ इस तरह चुप न हो जाओ। अब कुछ भी मुझसे ऐसा नहीं होगा, जो तुम्हें बुरा लगे, जिससे कभी तुम्हें तकलीफ हो। तुम्हें मैंने हमेशा अपना आप बताया है, अपने कॉनफ्लिक्ट भी बता देता हूँ। तुम मुझे समझ लो। तुम्हारे सिवा मुझे कोई नहीं समझता।

कोई और समझे, मुझे इसकी ज़रूरत भी नहीं। सिर्फ तुम समझ लो मेरी आशी, अपने जीती को . . .

24.1.61

......

ख़त इमरोज़ का

आशी,

क्या मालूम था कि तुम, सिर्फ तुम ही मेरी कशिश का मरकज़ थीं और रहोगी।

मैं अपनी ख़ता तस्लीम करता हूँ, पर क्या तुम अपना ज़ुल्म कभी नहीं लौटाओगी?

पर कितने समय तक . . . इस ज़ुल्म के सेंक से तुम ख़ुद कितने समय तक बचोगी?

क्या मेरे चुप होने तक?

27.1.61

तुम्हारा अपने मरकज़ का
जीती

ख़त इमरोज़ का

मेरी आशी,

कभी मेरा घर था, अब नहीं है, इसका एहसास होता है, जब तुम याद आती हो।

कितने सपने बुने थे, कितना यक़ीन था पूरे करने का।

यक़ीन उसी तरह है, पर पूरा कुछ नहीं हुआ।

क्या सपने बुनने वाले सिर्फ सपने देख सकते हैं, हक़ीकत में तब्दील नहीं कर सकते?

मैं नहीं मानता और मैं सपने बना सकता हूँ, तो हक़ीकत भी बना सकता हूँ। मैं सपना नहीं हकीकत हूँ, एक ठोस हकीकत, एक तल्ख हक़ीकत, एक अटल हक़ीकत (और तुम भी) हक़ीकतों की किस्मत!

मुझे अपने अधूरेपन पर गुस्सा आता है। यह गुस्सा आदमी के लिए ललकार बनता है, फिर आदमी का कुछ जाग जाता है। वक़्त हमेशा इंतज़ार करता है।

यह मिलन ज़रूर होगा. . .

27.1.61

जीती

ख़त इमरोज़ का

मेरी आशी,

इस समय एक फ़िल्म का सीन याद आ रहा है। एक अंधी लड़की रस्सी के सहारे चलकर अपने बिस्तर पर पहुँच रही है। रस्सी का एक सिरा उसके बिस्तर से और दूसरा गुसलखाने के दरवाजे से बँधा हुआ है।

तुम्हारी कशिश की अदृश्य रस्सी से मैं भी चलता जा रहा हूँ।

इस कशिश की रस्सी का एक सिरा मोहब्बत से 5 दिसम्बर, 1960 से और दूसरा सिरा दस साल के लम्बे अँधेरे रास्ते के पार 5 सितम्बर, 1970 से बँधा हुआ है . . . मेरे मिलने की कशिश ने न जाने मेरे अंदर कैसी रोशनी की हुई है कि किसी अँधेरे की परवाह नहीं।

जैसे यह दस साल लंबा अँधेरा, अँधेरा न हो, एक रास्ता हो, सीधा रास्ता अपने घर का, जिसके दरवाजे में खड़ी हुई तुम इसी रास्ते की तरफ देख रही हो, मैं जिस पर चलता आ रहा हूँ। अपनी औरत का मर्द अपने वक़्त का समय।

4.2.61

अपनी आशी का

जीती

ख़त इमरोज़ का

अभी स्टेशन पर अवतार को छोड़कर आया हूँ।

तुम्हारा ख़त मिला, नज़रें झुक गई हैं, मर्द झुक गया है, मर्द की ग़ैरत झुक गई है।

मेरे अंदर का सब कुछ झुका हुआ रो रहा है।

एक ही बात को जी कर रहा है, इस तरह बार-बार झुकने से ये नज़रें, यह मर्द और मर्द का सब कुछ हमेशा के लिए झुक जाए ख़त्म हो जाए . . .

तुम्हारा ज़ख़्म अपना अँधेरा

जीती

ख़त इमरोज़ का

दोस्त बेगम,

यह नॉवल[1] तुम ने कब अमरीका जाकर लिखा था? मैं इस तरह यह नॉवल पढ़ रहा हूँ, जैसे किस्मत पढ़ रहा होऊ। यह किस्मत किसी ईश्वर की नहीं, एक शायर की बनाई हुई है और वह भी तुम्हारे सिवा कौन बना सकता है।

ज़हे-क़िस्मत।

13.2.61

तुम्हारा
जीती

1. नॉवल फाउंटेन हैड अमृता ने इमरोज़ को ख़त की जगह भेजा था।

ख़त इमरोज़ का

नौ सौ मील का फासला जो दिखाई देता था, वह अब नहीं रहा।

पर जो दिखाई नहीं देता, वह फासला रहेगा? हमेशा एक जीती-जागती ग़ैरफ़नी कशिश देगा।

जीती

नवंबर, 1960 से दिसंबर, 1963 तक अमृता इमरोज़ से नाराज़ रहीं।

उसका गुस्सा जायज़ था।

इमरोज़ पूरे तीन वर्ष दिल्ली में धूनी रमाकर रोज़ अपनी ही चिनाब[1] पार करते रहे।

रोज़ एक-दूसरे से मिलते रहे। कोई भी एक-दूसरे के बिना नहीं रह सकता था।

अमृता ने 1961 में हौज़ ख़ास में अपना मकान बनाना शुरू किया।

दोनों मकान बनता देखते रहे।

1962 में अमृता अपने नए मकान में रहने लगीं।

8 जनवरी, 1964 को दूरी की यह चिनाब नहीं रही। दोनों साथ-साथ रहने लगे।

इससे पहले के सालों के अमृता ने जो अकेलापन भोगा, उसी अरसे में लिखा हुआ यह ख़त है, 29 मार्च, 1962 का।

---

1. पंजाब की एक नदी।

ख़त अमृता का

जीती,

यह मेरी ज़िंदगी की सड़क कैसी है?

जिसके सारे मील के पत्थर हादसों के बने हुए हैं।

तुम थे, तो घर नहीं था, आज घर है, तो तुम नहीं हो।

थोड़े से मीलों की दूरी होती है, लेकिन कानून की छोटी-सी मोहर उसे दूसरी दुनिया की दूरी बना देती है।

मैं अजीब तरह से परेशान हूँ और ऐसा लग रहा है, जैसे यह बेचैनी मेरी उम्र जितनी लंबी है या मेरी उम्र का नाम ही बेचैनी है।

29.3.62

आशी

संदर्भ

जब राजिंदर सिंह बेदी 'राणो' फ़िल्म बना रहे थे, तो एक शाम उनका फ़ोन बंबई से आया कि अमृता उनकी फ़िल्म के लिए एक गीत लिख दें। वह उस गीत के सिर्फ 500 रुपए दे रहे थे। फ़ोन पर ही गाने की तर्ज़ बताई गई। अमृता ने गीत लिखा और दो दिन बाद डाक से भेज दिया।

उसके बाद गाने की रिकार्डिंग हुई या नहीं अमृता को कुछ पता नहीं लगा।

हफ्ते बीत गए, महीने बीत गए, न कोई ख़त, न कोई फ़ोन।

गीत मिल जाने के बाद बेदी साहब भी चुप थे और उनका इकरार भी चुप था।

इमरोज़ ने एक बार बंबई में सुखबीर से पूछा, 'यह बोलने वाले बेदी साहब तो सुनाई देते हैं, पर क्या यह चुप बेदी साहब किसी को सुनाई देते हैं? बातों का बादशाह अपने ही कहे से ख़ामोश है।'

हालाँकि अमृता ने कभी-भी उनका वादा उन्हें याद नहीं दिलाया था, लेकिन इस अगले ख़त में अमृता का इशारा उसी घटना की तरफ है।

ख़त अमृता का

जीती,

आज न जाने क्या हो गया है जीती, समय खड़ा हो गया लगता है।

सवेरे के दस बजे हैं। अभी चिट्ठी आएगी, तब समय चलने लगेगा।

अवतार आई हुई है।

कल रात अवतार, सैली, कंदला और मैंने फ़िल्म देखी थी, 'माई फेयर लेडी'।

बड़ा जी किया मैं यह फ़िल्म तुम्हारे साथ देखती।

जीती, तुम्हारी फ़िल्म कभी बने-न-बने, तुम्हारी पेंटिंग्स की नुमाइश हो या न हो। तुम्हारे अंदर का हुनर और हुस्न स्क्रीन या कैनवास पर उतरकर कभी लोगों के सामने आए या न आए, पर तुम्हारे अंदर के हुस्न को मेरा सलाम हमेशा पहुँचता रहेगा।

मेरे एक ही दोस्त, तुम्हारे सिवा मुझे इस दुनिया में किसी ने नहीं जाना, किसी के न समझने का शिकवा नहीं, तुम्हारे समझ लेने की तसल्ली है।

अभी मुझे अवतार बता रही थी कि बेदी साहब का कहना था कि अमृता पैसे को प्यार करती है, हर चीज़ को पैसे से तौलती है।

तुम भी यह सुनकर हँस देना।

लोग कितने सतही हैं!

मैं बेदी को उन लोगों में नहीं गिनती थी। ख़याल था, उसे मानव मन की गहरी पहचान है, उसकी मान्यताएँ अलग हैं, उसकी नज़र और है।

पर सब कुछ सतही है।

कमा सकने का गर्व अभी तक किसी ने नहीं जाना।

दान में लोगों का विश्वास है, मुफ्तखोरी में लोगों का विश्वास है।

यह दान और मुफ्तखोरी 'लूट' के बदले हुए रूप हैं। कमाई की ख़ूबसूरती नहीं।

कमाई का गर्व जिन्हें हो, उनके होंठों पर यह शब्द नहीं आते।

मेहनत का मूल्य लेना और चुकाना दोनों चीज़ें एक ही ख़ासियत से पैदा होती हैं।

पर कई लोगों के विश्वास एक तरफा होते हैं, लेना उन्हें ठीक लगता है, पर चुकाना नहीं।

देना की जगह चुकाना शब्द मैंने जान बूझकर लिखा था, ताकि देना शब्द से दान की बू न आए।

दान से दुर्गंध आती है, पर कमाई शब्द से महक आती है।

तुम्हारे महक भरे हाथों को प्यार।

27.4.65

माजा

संदर्भ

1966 में अमृता के बुल्गारिया और मॉस्को से लिखे गए ख़त।

ख़त अमृता का

जीती,

घर से जाने-पहचाने चेहरों से बिछड़कर पहला एहसास अजीब अकेलेपन का हो रहा है।

रात को जैसे ऊपर देखने पर बादल दिखाई दे रहे होते हैं. . . इस समय हवाई जहाज़ की खिड़की से नीचे देखने पर बादल दिखाई दे रहे हैं. . . जैसे आसमान को फाड़कर आधा नीचे बिछा लिया हो और आधा ऊपर ओढ़ लिया हो, सिर्फ जिस्म ने नहीं, ख़यालों ने भी।

मॉस्को पहुँचने में अभी दो घंटे की देर है, ख़यालों को अकेलेपन से चलकर कहीं पहुँचने में अभी न जाने कितने घंटे बाकी हैं।

24.5.66, दो बजे दोपहर

......

ख़त अमृता का

मेरी घड़ी में हिंदोस्तान का वक़्त है। चार बजे हैं।

मॉस्को पहुँच गई हूँ। यहाँ अभी दोपहर के एक बजकर, पैंतीस मिनट हुए हैं।

पासपोर्ट की चैकिंग, सामान का टिकट, रात के खाने के कूपन, एक घंटा लग गया है।

अभी दर्शन को फ़ोन किया है।

एक मुल्क का मेहमान बनकर आने में और राहगीर होकर गुज़रने में क्या फर्क है, बड़ा दिलचस्प अनुभव है।

एयरपोर्ट पर लगभग एक घंटा घूमते-घूमते पक गई हूँ। अभी एक कूपन एयरपोर्ट के रेस्टोरेंट में जाकर इस्तेमाल किया है। कुल तीन कूपन मिले हैं। हर कूपन में एक रूबल और बीस कोपेक्स की चीज़ें ले सकती हूँ।

एक बीयर की और एक अंडे की कीमत एक-सी है। रात बिताने के लिए होटल का कमरा अच्छा है, पर यहाँ खाने का इंतज़ाम नहीं है। खाने के लिए रेस्टोरेंट में जाना होता है। इस समय यहाँ की घड़ी में साढ़े चार बजे हैं।

कमरे के बिस्तर पर बैठकर यह ख़त लिख रही हूँ। अगर दर्शन आया, तो यह ख़त उसे ही पोस्ट करने को दे दूँगी।

इस समय रात के नौ बजे हैं, पर अभी तक धूप है। कभी धूप की तरफ देख रही हूँ, कभी घड़ी की तरफ।

इस समय मैं और दर्शन एयरपोर्ट के रेस्टोरेंट में कॉफ़ी पी रहे हैं।

24.5.66

......

ख़त अमृता का

दोस्त,

सोच रही हूँ, यह लम्बे सफ़र अगर अकेले करने हों, तो जवानी में ही कर लेने चाहिए, नहीं तो हमें इकट्ठे करना चाहिए।

अजीब अकेलेपन का एहसास होता है, अकेले। अच्छा, अकेलेपन की लंबी बात नहीं करती, नहीं तो ख़त लिखते-लिखते पॉल पॉट्स बन जाऊँगी।

सोफिया होटल के कमरे में बैठकर यह ख़त लिख रही हूँ। जिस होटल में ठहरी हूँ, वह नया बना है, बहुत अच्छा है, पर यहाँ खाने का इंतज़ाम नहीं है। खाना खाने के लिए किसी और होटल में जाना पड़ता है।

सवेरे हवाई जहाज़ में चाय मिली थी, पर आज सारे दिन चाय नहीं मिली। शाम को कई जगहों से पता किया, चाय नहीं मिली। यहाँ लोग चाय नहीं पीते।

कंदला की बनाई हुई चाय याद आ रही है।

25.5.66

......

ख़त अमृता का

जीती,

सवेरे तड़के उठकर सबसे पहले ख़याल चाय का आया, इस तरह जैसे कंदला को आवाज़ दे सकू 'भोपी, चाय पिला दे!'

साढ़े आठ बजे, एक होटल में जाकर चाय मिली। एक प्याले में चाय की पुड़िया डालकर उन्होंने गर्म पानी डाल दिया। पुड़िया के कागज़ में से छनकर चाय का जितना रंग पानी में आ सकता था, आया। पर कहाँ वह एक-आतिशा और दो-आतिशा चाय!

मेरा यह ख़त मिले, तो नाम पर कई प्याले चाय पीना. . .

26.5.66

. . ..

ख़त अमृता का

जीती, ओ, मेरे जीती!

आज मैं सोफिया की सबसे ख़ूबसूरत जगह पर बैठकर तुम्हें ख़त लिख रही हूँ।

सारा शहर एक हरी घाटी है, जिस पर चारों ओर ऊँची-ऊँची पहाड़ियों की मोटी-मोटी झालर लगी हुई है। बहुत ऊँचाइयों पर बर्फ़ की लकीरें गोटे की तरह चमकती हैं।

आज जहाँ बैठकर ख़त लिख रही हूँ। यह बितोशा पहाड़ी का रेस्टोरेंट है। सोफिया शहर से आधा घंटे की ड्राईव। वैसे बसें भी 45 मिनट में पहुँच जाती हैं।

पहाड़ी रास्तों का हर मोड़ अचंभों से भरा होता है।

झरनों और पहाड़ी नालों की आवाज़ और पानी जब तन-मन के ज़ोर से पत्थरों के गले मिलता है, पानी नहीं पत्थर गाते हुए लगते हैं।

सोच रही हूँ, अगर मेरी ज़िंदगी के बाकी दिन तुम्हारे साथ किसी ऐसी पहाड़ी की कोख में गुज़रें, मैं ज़िंदगी बिताऊँ नहीं, पल-पल जिऊँ।

आज तुम मुझे बहुत ही याद आ रहे हो। अगर इन जगहों पर तुम मेरे साथ होते . . . लकड़ी और पत्थर की एक झोपड़ी में मैंने तुम्हारा स्टूडियो तसव्वुर किया है।

परसों मैंने वह हॉस्टल भी देखा है, जहाँ परदेसी बच्चे पढ़ते हैं। बहुत ही बड़े बाग में बना हुआ है। वहाँ मैं सैली- कंदला की कल्पना कर रही हूँ।

इस समय इस पहाड़ी रेस्टोरेंट में एक बहुत बड़ी मेज़ बुल्गारियन लड़के-लड़कियों ने हथिया ली है। एक जना बाँसुरी जैसा कुछ बज़ा रहा है, बाकी गा रहे हैं, कुछ नाच भी रहे हैं।

कल सवेरे दिल्ली के कुछ म्यूजिशियंस यहाँ से वापिस जा रहे हैं। उनके हाथ मैंने तुम्हें एक ख़त भेजा है। वे दिल्ली जाकर पोस्ट करेंगे।

मेरे सैली-कंदला को बहुत प्यार।

30.5.66, सोफिया।

तुम्हारी

माजा

ख़त अमृता का

मेरे इमरोज़,

आशिक दुनिया के हर मुल्क में होते हैं, पर आज मैं मॉस्को में आशिकों के आशिक देख रही हूँ।

गोर्की, चेखव, टॉल्स्टाय, मायकोव्स्की और कितने ही और कलम के आशिक इस देश में हुए।

कलम के, स्वतंत्रता के और मनुष्यता के आशिक और देशों में भी होते हैं, पर सोवियत लोगों ने जिस तरह इनकी छोटी-छोटी यादों को भी संजोकर सिर-आँखों पर रखा है, इन्हें आशिकों के आशिकों से कम कुछ नहीं कहा जा सकता।

इनके नामों पर सड़कें, इनके बुत और इनकी तस्वीरें बनाने के अलावा इनकी कलम द्वारा रचित कृतियाँ, इनके अंगों से स्पर्श किए हुए कपड़े और इनके हाथों से छुई हुई वस्तुएँ, चाहे वह एक चाकू हो, ऐनक हो, कँघी हो, ख़त हो या चाय की केतली और एक प्याला ही हो, लोगों ने चूम-चूमकर रखी हुई हैं।

लोगों की अमीरी उनके खिले हुए चेहरों से हर जगह प्रत्यक्ष दिखाई देती है, पर इन संग्रहालयों में जा खड़े हों, तो लोगों के मन की अमीरी की थाह भी मिलती है।

आज मैं गोर्की के स्मृति-भवन में खड़ी, लेनिन की कद्र और दोस्ती के हक़दार लेखक गोर्की की तस्वीरें भी देख रही हूँ और बाल-गोर्की के उस घर का नक्शा भी, जहाँ उसने अपने नाना का प्यार, गरीबी और मार झेली थी, और इसके बीच के समय में घटने वाले हर हादसे के चिह्न देख रही हूँ। वह पहली मेज़ जिस पर कोहनी रखकर गोर्की ने पहली कहानी लिखी, वह अख़बार जिसमें, उसकी पहली कहानी छपी।

1902 में गोर्की के घर के आगे 'जार' के लगाए हुए पहरे की तस्वीर और गोली से बिंधा हुआ चमड़े का वह बटुआ, जिसने दिसंबर, 1903 में, जब अचानक 'जार' के आदमी ने गोर्की की छाती में गोली मारी थी, तब उसकी छाती को बचा लिया था और 9 जनवरी, 1905 के उस खूनी इतवार की तस्वीर जब जार की गोली ने मजदूरों की शांतिपूर्ण हड़ताल का सामना किया था और गोर्की का वह रोषपूर्ण लेख, जो उसने मजदूरों की सहानुभूति में लिखा था और जिसके बदले में जार ने उसे कैद में डाल दिया था, गोर्की, कैदी नंबर-68-9-9 और जेल की उस लोहे की चारपाई का नक्शा मेरे सामने है, जिस पर बैठ कर गोर्की की कलम ने कितना कुछ रचा था।

गोर्की की 25,000 यादों का यह घर और ऐसा ही हर लेखक का संग्रहालय कोई ऐसा मुल्क ही बना सकता है, जहाँ आशिकों के आशिक बसते हों।

18 जून, 1966

अमृता

संदर्भ

1967 में अमृता के यूगोस्लाविया, हंगरी, रोमानिया जर्मनी और तेहरान से लिखे ख़त।

ख़त अमृता का

मेरे जीती,

जो अनुभव इस बार यूरोप को देखने का हुआ है, वह बिल्कुल नया है, अजीब भी।

कल शाम छह बजे दुबरोवनिक पहुँची थी।

उस समय हिंदुस्तान में रात के साढ़े दस बजे होंगे। आधा घंटा एयरपोर्ट पर सामान लेने में लग गया और एक घंटा होटल तक पहुँचने में।

थकान और नींद से बेहाल-सी थी। आते ही सो गई।

सवेरे उठकर छह बजे रेस्टोरेंट से चाय मँगवाई।

होटल बिल्कुल समुद्र के तट पर है, सो बरामदे में बैठकर चाय पी।

साढ़े नौ बजे एक लड़की आई, मुझे अपने दफ्तर ले गई। वहाँ जाकर पता चला कि सिर्फ होटल का कमरा देते हैं, खाना अपने पास से खाना पड़ता है, जिसके लिए वह रोज़ सात हज़ार दीनार देते हैं, पर वे अच्छे होटल में खाना खाने के लिए काफी नहीं होते।

उन्होंने सलाह दी कि मैं खाना बाज़ार के सस्ते होटलों में खा लिया करूँ। यह बाज़ार मेरे होटल से काफी दूर है।

एक बीयर की कीमत तीन सौ दीनार है, सिगरेट का पैकेट भी तीन सौ दीनार में आता है और अमरीकन सिगरेट का पैकेट साढ़े आठ सौ दीनार में। अपने होटल वापिस आकर फिर बाज़ार जाने की हिम्मत नहीं पड़ रही है, बहुत गर्मी है।

शाम को एक गाइड आएगा, कुछ जगहें दिखाने के लिए, उसी समय रास्ते में कुछ खा लूँगी। यहाँ रोज़ रात को नौ बजे नाटक होते हैं। बहुत टूरिस्ट आए हुए हैं। सारा दिन बेदिंग सूट पहने समुद्र-तट पर बैठे रहते हैं।

जगह बहुत ख़ूबसूरत है, पर मैं बहुत अकेलापन महसूस कर रही हूँ।

शाम को कोई साढ़े आठ बजे आया करेगा, जिसके साथ रोज़ रात को एक नाटक देख लिया करूँगी। यह दफ्तर का बंदोबस्त है।

पर दिन में दो-तीन बार बाज़ार जाना, घूमना किसी दुकान पर कुछ ख़रीद कर खाना . . . अकेले . . . और जहाँ किसी को अंग्रेज़ी नहीं आती, बहुत अजीब लग रहा है . . .

शाम के छह बज गए हैं। बहुत भूख लगी हुई है। कोई रेस्टोरेंट खुला हुआ नहीं है। सब सात बजे के बाद खुलते हैं।

एक कैफे में एक गिलास बीयर और एक सैंडविच ख़रीदा, 370 दीनार में। बीयर पी ली, पर सैंडविच इतना सख़्त था, खाया नहीं गया।

कंदला की बनाई हुई भिंडियाँ और पनीर की रोटी बहुत याद आती हैं।

10.8.67, ऐक्सेल्सियर होटल।

अमृता

ख़त अमृता का

मेरे जीती,

अभी तुम से बातें कर रही थी कि जाग गई। इसलिए इस जागने को बीच में से हटाने के लिए ख़त लिख रही हूँ।

जीती, इस बार अजीब अनुभव हो रहे हैं। एक बात को लेकर अच्छा भी है कि अकेले घूमते हुए मैं लोगों को बहुत निकट से देख सकती हूँ।

बाज़ार में लोग हाथ पकड़-पकड़ कर चीज़ें ख़रीदने के लिए कहते हैं।

कल एक औरत लाल रंग के कढ़ाई वाले थैले बेच रही थी। पीछे पड़ गई कि एक ज़रूर ख़रीद लो। बिल्कुल साधारण थैला था, मुझे ख़रीदना नहीं था, पर कीमत पूछी, छह हज़ार दीनार थी।

शहर की मोटी दीवार को ढासना लगाकर बैठे कुछ आर्टिस्ट अपनी तस्वीरें दिखाते हैं, ख़रीदता कोई नहीं।

बार-बार तुम्हारा ख़याल आता है, आर्टिस्टों की ज़िंदगी की जद्दोजहद हर जगह बहुत सख़्त है।

साधारण लोगों को रोज़ के दो हज़ार दीनार मिलते हैं, पर इससे पेट नहीं भरता।

मैंने शाम को एक आमलेट और एक स्लाइस खाया, एक हज़ार एक सौ दीनार में।

बहुत अच्छा लगता, अगर तुम मेरे साथ होते।

हम चुपचाप समुद्र की ओर देखते रहते।

मैं बरामदे में खड़े होकर कभी जहाज़ों के बादबान देखती हूँ और कभी कमरे में आकर हैनरी मिलर पढ़ने लगती हूँ।

Perhaps it is the death instinct in me. (The life instincts are converted into death instincts.)

एक एहसास सा है, कि ज़िंदगी के बहुत थोड़े दिन बाकी हैं, फिर वे थोड़े दिन भी तुम्हारे बिना क्यों . . .?

अकेलेपन को मैंने इससे पहले हमेशा एक तरल चीज़ की तरह महसूस किया है, बदन पर आते हुए पसीने की तरह, जिसे रूमाल से पोंछा जा सकता है।

इस तरह ठोस चीज़ जैसा कभी महसूस नहीं किया। यह अपने ही शरीर पर गूमड़े की तरह है, जिसे बार-बार हाथों से टोहा भी जा सकता है और जिसका बोझ उठाकर चलना पडता है. . .

22.8.67

माजा

ख़त अमृता का

जीती,

इस बार तुम्हें ज़्यादा ही उदास ख़त लिखे गए हैं। फ़ोन पर नज़र जाती है, तो एकदम फ़ोन करने को जी करता है।

यह सब दीवानगी है। इस दीवानगी को चीरकर मुझे बाहर आना चाहिए।

अभी लोक नृत्य देखकर आई हूँ। बहुत अच्छे थे, पर तुम याद आते रहे . . . कंदला भी . . .

12 तारीख़, रात साढ़े ग्यारह बजे।

अकेलेपन के अथाह सागर में तुम्हारा ख़याल एक लाइट-हाउस की तरह आ रहा है।

लाइट हाउस की तरह भी और लाइट-बोट की तरह भी।

इस समय तुम, समुद्र और हैनरी मिलर मेरे पास हैं।

हैनरी मिलर इस तरह पढ़ रही हूँ, जैसे उस पर पीएच.डी. कर रही होऊं . . .

आज बहुत बारिश है। समुद्र और आसमान एक हो गए लगते हैं . . .

13 तारीख़, तड़के सवेरे।

अपने ऊपर तुम्हारी पकड़ जिस तरह है, वह नॉर्मल नहीं है।

पर नॉर्मेलिटी क्या है?

हैनरी मिलर के शब्दों में- 'Normality in the paradise of escapeologists, for it is a fixation concept, pure and simple. It is better, if we can, to stand alone and feel quite normal about our abnormality, doing nothing. whatever about it, except what needs to be done in order to be oneself...'

इस 'एबनॉर्मलिटी' के बारे में कुछ नहीं कर सकती, यह मेरी शख़्सियत का हिस्सा है।

यही मैं हूँ।

13 तारीख़, दोपहर।

यहाँ किसी लेखक से मुलाकात नहीं हो रही है। किसी को अंग्रेज़ी नहीं आती . . .

13 तारीख़, शाम।

इस बार लगता है सिर्फ तुम्हें ही ख़त लिखने के लिए आई हूँ।

तुमसे बातें करने को जी कर रहा है . . . हरेक से बातें करने से बात ख़त्म हो जाती है। सिर्फ तुम्हारे साथ बात आगे चलती है, एक साँस में से निकलने वाली दूसरी साँस की तरह . . .

14 तारीख़, तड़के सवेरे।

माजा

ख़त अमृता का

जीती,

हक़ीकतों की हदबंदी से घबराकर तलाश की हुई एक चीज़ होती है, फैंटेसी

पर सोचती हूँ, जो गंभीरता से पाया जाता है, वह इससे भी आगे है।

इसलिए तुम्हारी चर्चा उससे आगे है, बियांड फैंटेसी।

हैनरी मिलर के शब्दों में सारे आर्ट एक दिन ख़त्म हो जाएँगे, पर आर्टिस्ट जरूर रहेंगे। ज़िंदगी 'एक आर्ट' नहीं होगी - 'आर्ट' होगी।

अगर यह मान लिया जाए कि हैनरी की कल्पना का समय एक हज़ार साल में आ जाएगा, तो यह कहूँगी कि समय से एक हज़ार साल पहले पैदा हो जाना तुम्हारा कसूर है। यह हर उस व्यक्ति का कसूर है, जो सिर से पैर तक जीता है। इस दुनिया में सभी लोग ऐसे नहीं होते। हर किसी का आधा कुछ जन्म लेता है।

आधा माँ की कोख में ही मर जाता है।

हर मनुष्य अपना बहुत-सा हिस्सा कोख की क़ब्र में दफ़नाकर जन्म लेता है और उसके लिए किसी पूरे मनुष्य को देखने से बढ़कर और कोई दुःखदाई बात नहीं होती।

सो इस दुनिया का तुम्हारे प्रति लापरवाह होना स्वाभाविक है।

या ऐसा कहूँ कि हर वर्तमान की जड़ें केवल अतीत में होती हैं।

पर तुम्हारे जैसे उस किसी का क्या है, जिसके वर्तमान की जड़ें सिर्फ भविष्य में हैं। अगर एक हज़ार साल बाद छपनेवाले किसी अख़बार की कॉपी मैं आज बाज़ार में ख़रीद सकू, तो मेरा यकीन है कि मैं उसमें तुम्हारे कमरे में बंद पड़ी हुई तुम्हारी कला-कृतियों का विवरण पढ़ सकती हूँ।

'परफैक्शन' जैसा शब्द मैं तुम्हारे साथ नहीं जोड़ूँगी। यह एक ठंडी और ठोस-सी चीज़ का एहसास देता है और यह एहसास कि इसमें से न कुछ घटाया जा सकता है, न इसमें बढ़ाया जा सकता है।

पर तुम एक विकास हो, जिससे नित्य कुछ झड़ता है और जिस पर नित्य कुछ उगता है।

'परफैक्शन' शब्द गिरजा की दीवार पर लगी हुई ईसा की तस्वीर की तरह है, जिसके सामने खड़े होकर बात खड़ी हो जाती है।

पर तुम्हारे साथ बात करने से बात चलती है, एक सहजता से, जैसे एक साँस में से दूसरी साँस निकलती है। तुम जीती-जागती हड्डियों के ईसा हो।

एक पराये मुल्क से तुम्हें ख़त लिखते समय याद आया है कि आज पंद्रह अगस्त है, हमारे मुल्क की आज़ादी का दिन।

अगर कोई इंसान किसी दिन का निशान बन सकता है, तो कहना चाहूँगी कि तुम मेरे पंद्रह अगस्त हो। मेरे अस्तित्व की और मेरे मन की अवस्था की स्वतंत्रता का दिन . . .

दुब्रोवनिक (यूगोस्लाविया)।

अमृता

ख़त इमरोज़ का

मेरी आशी,

आज सवेरे मनोज[1] का फ़ोन आया। मैं उससे मिलने उसके होटल गया।

बातचीत करते-करते बात चल पड़ी पंजाबी फ़िल्म बनाने की, पंजाब जैसी ठोस और पंजाबियों जैसी सच्ची फ़िल्म बनाने की।

बात तुम्हारे नॉवेल *पिंजर* पर आ गई। मनोज यह नॉवल पढ़ चुका है। मैंने अपने शब्दों में फिर कहानी सुनाई, पात्रों का निर्माण, गठन और वातावरण और उस वातावरण में रची हुई पंजाबी सभ्यता।

मनोज बड़ी संजीदगी से सुनता, पूछता और समझता रहा। बात चलती दिख रही थी।

भोपी के आने का समय हो गया था। मैं वापिस घर आ गया।

घर आकर तुमसे बातें करने लगा, कभी अपने कमरे में बैठकर, कभी तुम्हारे कमरे में खड़े होकर। मैं देख रहा था पूरो[2] को बोरी पर बैठे हुए फलियों से मटर निकालते हुए, रशीद को घोड़ी पर उसे उठाकर ले जाते हुए और सुन रहा था, बहुत आवाज़ें वारिस शाह को पुकार रही हैं।

9.8.67

जीती

---

1. मनोज कुमार : एक्टर व फ़िल्म प्रोड्यूसर
2. पूरो : *पिंजर* की मुख्य पात्र।

ख़त अमृता का

मेरे जीती,

आज 21 तारीख़। इस शहर (दुब्रोवनिक) में मेरा आख़िरी दिन है। कल सवेरे नौ बजे के प्लेन से आरबरिद जाना है। वहाँ से शतरुगा, जहाँ कविता की शाम मनाई जाती है और वहाँ से वापिस बेलग्रेड।

किताबों का बहुत बोझ है। मालूम हुआ है, दफ़्तर वाले अधिक सामान का किराया नहीं देंगे। अगर सवेरे वह किराया देना पड़ा, तो रोटी खाने के लिए पैसे नहीं रह जाएँगे।

वो इक्कीस दिन के पैसे एक साथ दे चुके हैं।

आज 22 तारीख़ को आरबरिद पहुँच गई हूँ।

कल शाम जाली का एक थैला ख़रीदकर सब किताबें उसमें डाल लीं, बाकी बड़े पर्स में और दोनों थैलों को दोनों बाँहों में उठा लिया। दोनों बाँहों में पीड़ा हो रही है, लेकिन अधिक सामान के पैसे नहीं देने पड़े।

यहाँ प्लेन में पानी तक नहीं पूछते।

बहुत लंबा सफर था। आधी जान निकल गई, पर यहाँ पहुँच कर फिर जान में जान आई है।

यह शहर आरबरिद एक बहुत बड़ी झील के किनारे पर बसा हुआ है। कोई ढाई सौ कवि इकट्ठे हो रहे हैं। 25, 26, 27 तीन दिन कविताओं की शाम मनाई जाएगी।

अभी आते ही उन्होंने मेरी कविता अंग्रेज़ी में टाइप कर ली है। 'आग की बात' इसका अनुवाद करने के लिए।

कितअबें उठाने से थकी बाँहों को दबा रही हूँ, पर थकान सफल हो रही है।

नागमणि के डिज़ाइन देख-देखकर सब ख़ुश हो रहे हैं। हैरान हैं कि हिंदोस्तान में ऐसे पर्चे निकलते हैं और रश्क कर रहे हैं कि उनकी ज़बान में इस जैसा कोई पर्चा क्यों नहीं निकलता?

तुम्हारी

माजा

ख़त अमृता का

जीती जान,

आज शतरुगा के मेले में कविता पढ़ते समय लोगों ने जो प्यार दिया है, उससे आँखें छलक आई हैं।

पंजाब ने मुझे सारी उम्र निरादर सहते रहने की आदत डाल दी है, इसलिए बेगाने देशों में मिली इस नई चीज़ को झेलते समय बहुत अजीब लगता है।

26.8.67

......

ख़त अमृता का

यहाँ से एक लेख लिखकर *नागमणि* के लिए पोस्ट कर रही हूँ। नए अंक में डाल देना। दुब्रोवनिक में भी एक लेख लिखा था, पर वह बीस पन्नों का था। उसकी कॉपी नहीं की गई। वह दिसंबर अंक में वापिस आकर छाप लूँगी।

27.8.67

....

ख़त अमृता का

जर्मनी से एक निमंत्रण मिला है, एक हफ्ते के लिए। बैलग्रेड पहुँचकर तारीख़ पक्की करूँगी। एक निमंत्रण तेहरान से भी मिला है, तीन दिन के लिए, हमारी एम्बैसी के माध्यम से। सोचती हूँ, सफ़र बहुत ही लंबा हो जाएगा. . .

24.4.67

माजा

ख़त इमरोज़ का

माजा,

इन तीन महीनों के लिए घर की ज़िम्मेदारियाँ हमारे ऊपर छोड़ दो।

ये तीन महीने अमृता के साथ अमृता के हैं, जो सिर्फ लेखक है, सारी की सारी लेखक। भोपी[1] वैसी की वैसी है, प्यारी-प्यारी। भोपी के इस अंकल में मम्मी शामिल हो गई हैं। इस शामिल होने का एहसास बड़ा ही नया है और पहला अनुभव है।

जीती की तरह मैं दिन-भर काम करता हूँ और तुम्हारी तरह दिन-भर घर पर रहता हूँ। घर के लिए और अपनी दोनों बेटियों के लिए।

मेरा हर ख़त तुम्हारे नाम एक टोस्ट होगा।

23.8.67

तुम्हारा
जीती

☞ 1. अमृता की बेटी कंदला।

संदर्भ

अमृता जब हंगरी में थी, उनके जन्मदिन पर लिखा इमरोज़ का ख़त।

ख़त इमरोज़ का

मेरी अपनी आशी,

आज का आँगन भरा हुआ है,

सारे मौसमों से,

मौसमों के सब रंगों से,

सुगंधों से,

सभी त्यौहारों से,

सारे अदब, सारी पाकीज़गी से,

365 सूरजों से।

मैं आधी सदी के सारे सूरजों को लेकर इस आज को, 31 अगस्त को तुम्हारे होने को टोस्ट दे रहा हूँ, सदी के आने वाले सारे सूरजों का।

31.8.67

जीती

ख़त अमृता का

ओ, मेरे जीती,

कल सवेरे तड़के ही बैलग्रेड पहुँची थी।

आने पर तुम्हारे तीन ख़त मिले। ऐसे जैसे यहाँ एयरपोर्ट पर तुम ख़ुद मुझे लेने आए हो।

इस समय तुम्हें ख़त लिखकर मैं अपना जन्मदिन मना रही हूँ. . .

कल रात यहाँ बोहेमियन गली देखी।

यहाँ कवि, एक्टर, पेंटर्स मिलकर उन्नीसवीं सदी की परंपरा के अनुसार एक महीने के लिए जश्न मना रहे हैं।

रात को मोमबत्तियाँ जलाकर पेंटिंग्स बेचते हैं।

उन्नीसवीं सदी की साइलेंट फ़िल्में देखते हैं।

पुराने नाटक खेलते हैं।

एक ओर कोई मछली तल रहा है।

यहाँ वे कविताएँ भी पढ़ते हैं और भुने हुए कवाब भी खाते जाते हैं।

कल रात उन्होंने मुझे बुलाया था, कवाब खिलाए और मेरी कविताएँ सुनीं।

एक एक्टर ने मेरी कविताओं का अनुवाद इतनी अच्छी तरह पढ़ा कि यह शाम हमेशा मुझे याद रहेगी।

31.8.67

तुम्हारी माजा

ख़त अमृता का

जीती जान,

कल पहली तारीख़ को दोपहर के एक बजे के प्लेन से हंगरी आ गई हूँ।

बैलग्रेड की चमक-दमक के बाद हंगरी की प्राचीन और समय की धूल से मैली इमारतें बहुत चुप और उदास लगती हैं।

कल शाम को पाँच बजे पी. ई. एन. लेखकों की एक मीटिंग थी, उन्होंने बुलाया था।

वहाँ बहुत सारे लेखक मिल गए, मिस्टर हुब्बा भी, जो कभी हमारे घर पर दिल्ली में हमसे मिले थे और भी कितने ही कवि बड़े अपनेपन से मिले।

31 तारीख़ को बैलग्रेड में अचानक मुझे पूर्वी अफ्रीका के एक कवि जंबेरी ने फ़ोन किया, जन्मदिन की शुभकामनाएँ दी। यह तारीख़ उसने 'ब्लैक रोज़' में पढ़ी थी। और बहुत सारे फूल होटल के रिसेप्शन-रूम में आकर दिए।

कलम की शाखाएँ देखो, कहाँ तक पहुँच जाती हैं।

उस दिन दोपहर तक शॉपिंग की थी। तुम्हारे लिए एक ट्रांजिस्टर और एक यूगोस्लाव कढ़ाई की नेशनल कमीज़ ख़रीदी। सैली के लिए कुछ रिकॉर्ड और कंदला के लिए एक ज़ीन और एक नेशनल कढ़ाई वाला जीन टॉप।

यहाँ अजीब कीमतें हैं, ट्रांजिस्टर बहुत सस्ते हैं। कमीज़ से सस्ते।

दोपहर से लेकर रात तक बैलग्रेड से कोई सवा सौ किलोमीटर दूर उस शहर गई थी, जहाँ 1944 में जर्मन फौज ने शहर का एक-एक जीव (पूरे सात हज़ार) एक ही दिन में कत्ल कर दिया था।

'खून की कथा' कविता, जो हमने *नागमणि* में छापी थी, इसी शहर के बच्चों के बारे में है।

मरे हुए बच्चों की याद में यहाँ पत्थर के दो मरोड़े हुए पँख बनाए हुए हैं, बच्चों की टूटी हुई उड़ान के प्रतीक।

यह लगभग 18 गज़ चौड़े और धरती से 10 गज़ ऊँचे हवा में खड़े हैं। पत्थरों पर बच्चों के छोटे-छोटे चेहरे अंकित हैं।

संग्रहालय में उनकी कुछ कॉपियाँ संभालकर रखी हुई हैं जिन पर ज्यामिति के प्रश्न हल किए हुए हैं, और बच्चों के नाम लिख हुए हैं – दरागी, कक्षा 7, शीलिया, कक्षा 6 . . .

सात हज़ार मृतकों के प्रतीक के रूप में दो सफ़ेद बुत बनाए गए हैं, एक मर्द का और एक औरत का।

ये मूर्तिकला के अद्भुत नमूने हैं। पत्थरों में पीड़ा रेखांकित की हुई, मैंने कभी ऐसी नहीं देखी थी।

यूगोस्लाविया की मूर्तिकला बहुत आधुनिक लगती है। कल सवेरे आने से पहले बैलग्रेड का संग्रहालय भी देखा था, पिकासो की पेंटिंग की नुमाइश भी।

मैक्सीकन आर्ट की नुमाइश भी इन दिनों वहाँ हो रही थी, वह भी देखी।

यह आर्ट मनुष्यों और जानवरों के आकार को अजीब तरह से मिलाकर पेश करता है।

हर जगह तुम्हें याद किया। ये सब चीज़ें तुम्हारे देखने योग्य हैं।

यूगोस्लाविया की एक औरत आर्टिस्ट जर्मनों के कंसन्ट्रेशन कैंप में रही थी। वह अभी जीवित है। उससे मिल नहीं सकी। वक़्त नहीं था, पर उसके बनाए हुए बुत देखे।

लोहे और पत्थर से बनाई हुई उसकी सैल्फ-पोर्टेट भी, दर्द की लोहे में उतारी हुई तस्वीर।

यूगोस्लाविया के लोग (उस शहर के जहाँ जर्मनों ने सात हज़ार लोग मारे थे) मुझे 21 अक्टूबर को फिर बुला रहे हैं, एक हफ्ते के लिए और वह कविता पढ़ने के लिए, जो मैंने *नागमणि* में छापी थी। (*खून की कथा* का अनुवाद)।

पर लौटकर जाना बहुत मुश्किल है।

ख़ैर देखूँगी. . .

तुम्हारी

माजा

ख़त अमृता का

ओ, मेरे जीती,

कल सवेरा होते ही तुम्हारा 31 तारीख़ का लिखा हुआ ऐसा ख़त मिला, ऐसा अगर एक जन्म में न मिल सकता हो, तो उसे पाने के लिए दूसरा जन्म भी लिया जा सकता है।

तुम मेरे 31 अगस्त भी और हर बरस के 365 दिन भी।

ऐसा ख़त पढ़कर वर्तमान के उबले हुए अंडे में से भी कोई भविष्य जन्म ले सकता है।

नागमणि का नया अंक हंगरी में मिल गया था।

यह पहली बार है, जब मैंने *नागमणि* को एक दूर बसने वाले पाठक की तरह एक-एक पृष्ठ पलटकर देखा है।

टाइटल बहुत प्यारा है। सिर्फ प्रूफ की गलतियाँ बहुत हैं। आरबरिद से मैंने एक आर्टिकल भेजा था, भातरूगा में हुए कविताओं के मेले के बारे में। वह संभालकर रखना, अभी मत छापना। बैलग्रेड में भी एक आर्टिकल लिखा है। सब कुछ एक अंक में छापेंगे, तस्वीरों के साथ।

मैं यहाँ से 22 तारीख़ को रोमानिया जाऊँगी। वहाँ से अगले महीने की 12 को सोफिया, फिर 20 तारीख़ को जर्मनी।

कल 8 तारीख़ को यहाँ से चार दिन के लिए एक झील के किनारे जाना है। वहाँ कोई आरामगाह है।

हंगरी देश पहली नज़र में उदास और मैला लगता है, लेकिन यह अपनी ख़ूबसूरती को धीरे-धीरे दिखाता है, जल्दी नहीं करता।

रात को डैन्यूब दरिया के किनारे पर बिजलियों से झिलमिलाता हुआ बुडापेस्ट बहुत ख़ूबसूरत लगता है।

यहाँ मिस्टर नेथन के साथ मिलकर हिंदी कविताओं का अंग्रेज़ी में अनुवाद करने वाले मिश्रा जी भी आए हुए हैं, दो साल के लिए अमरीका जा रहे हैं। इसी मेरे वाले होटल में ठहरे हैं। गंगाजल भी साथ लाए हैं।

कल मैंने अपनी कविता की एक पंक्ति उनको सुनाई थी, 'गंगाजल से लेकर वोदका तक, यह सफ़रनामा है मेरी प्यास का . . .'

7.9.67

तुम्हारी

माजा

ख़त इमरोज़ का

मेरी शायरा,

तुम किसी एक धरती, किसी एक देश, किसी एक ज़बान या किसी एक कौम को बिलोंग नहीं करती।

तुम 'बिलोंग' करती हो उस धरती को, जहाँ धरती दिल की तरह विशाल होती है और जज़्बात से महकती है।

तुम 'बिलोंग' करती हो हर उस देश को, जहाँ अदब और कल्चर रात-दिन बढ़ते हैं, हर तरह की हदबंदी से मुक्त।

तुम 'बिलोंग' करती हो हर उस ज़बान को, जहाँ दिलों को सुनना भी आता है, देखना भी और पहचानना भी।

तुम 'बिलोंग' करती हो हर उस कौम को, जिसके लोग किसी भी अतीत में नहीं जीते, निरे पूरे आज में जीते हैं और आज की तरह ही अपने आप के साथ जीते जागते हैं, और एक-दूसरे के साथ बसते हैं।

तुम 'बिलोंग' करती हो, हर उस रात और हर उस दिन को, जहाँ हर रात एक नई कृति के ख़याल को कोख में डालकर सोती है और जहाँ हर सवेरा एक नया गीत गुनगुनाते हुए दिन की सीढ़ियाँ चढ़ता है।

माजा, तुम्हें रोमानिया भी जाना है और वेस्ट जर्मनी भी, जहाँ लोग तुम्हें अदब और प्यार से बुला रहे हैं, वो तुम्हारा इंतज़ार कर रहे हैं।

माजा, तुम मुझसे मिलने को वहाँ बेकरार हो और मैं तुमसे मिलने के लिए यहाँ। इसी बेकरारी के अय्याम में मैं तुम्हें वहाँ, हर जगह, हर मुल्क, हर शहर और हर महफिल में मिलूँगा। जहाँ भी तुम होगी, मैं वहाँ ज़रूर होऊँगा।

इकरार की हद से इधर अब कोई हद नहीं रही।

इन मुल्कों की सब ज़बानों में अब मेरे नए नाम होंगे, जो शायद तुम्हें बोलने में मुश्किल लगें, लेकिन जिन्हें पहचानना बिल्कुल मुश्किल नहीं होगा।

हर नई इमारत में मेरी सूरत और हर पुराने गिरजाघर में तुम मेरे कदमों के निशान पहचान लोगी।

हर फूल में मेरा रंग और हर हवा में मेरी महक पाओगी।

हर झील से मेरी गहराई और हर दरिया से मेरी रवानी को जान लोगी।

हर नज़्म के नए ख़याल से और हर गीत की धड़कती हुई लय से मैं तुम्हारी तरफ बार-बार देखूँगा।

माजा, मैं तुम्हें कभी थकने नहीं दूँगा।

हर सुबह एक नया हौसला बनकर मैं तुम्हारी आँखों में जागूँगा और जीने की एक रौ बनकर मैं दिन के वक़्त तुम्हारे पैरों में चलूँगा।

शायरा, तुम्हें तेहरान भी जाना है। फारसी की अमीर तरीन शायरी के घर। उमर ख़य्याम और उसकी रुबाइयों से जीते-जागते और महकते हुए मुल्क में।

तुम जब किसी पर्शियन आर्च में खड़ी उमर ख़य्याम के बारे में सोच रही होगी, मैं उस वक़्त उमर ख़य्याम की रूबाइयों में एक और रूबाई को मिलते हुए देख रहा होऊँगा।

ओ, मेरी आरबरिद झील[1]

तुम क्या जानो कि यहाँ एक समुद्र तुम्हारे सामने है।

2.9.67

जीती

---

1. आरबरिद झील : यूगोस्लाविया के दक्षिण की वह झील, जहाँ शायरी के जश्न के लिए गए शायर ठहरते हैं।

ख़त इमरोज़ का

माजा,

तुम्हारे ख़त के इंतज़ार में सोच रहा हूँ कि मैं एक साज़ हूँ।

दिन आता है, तो मेरे तार को . . . एक-एक तार को जगाता है और चला जाता है।

पर रात की महफ़िल में कोई गीत नहीं जागता . . . नहीं जीता।

मैं तीस दिनों से यह ज़ुल्म जी रहा हूँ, एक साज़ की शक्ल में, ख़ामोशी का।

एक पूरब की शक्ल में . . . एक गीत के न होने का।

एक दिन की शक्ल में . . . एक खड़ी हुई ज़िंदगी का।

ओ, मेरे सूरज, तुम पच्छिम से कब लौटोगे? तुम्हें क्या पता कि यहाँ एक महीना हो गया है। एक भी दिन नहीं चढ़ा, एक लंबी रात चल रही है, तीन महीने लम्बी रात!

अभी तुम्हारा ख़त आया है। हंगरी के नीले आसमानी रंग के कागज़ों से जैसे एक सूरज निकला हो . . . .

9.9.67

तुम्हारा

जीती

ख़त इमरोज़ का

माजा,

एक सूरज आसमान पर चढ़ता है, आम सूरज, सारी धरती के लिए। साझे का सूरज, जिसकी रोशनी से धरती पर सब कुछ दिखाई देता है, जिसकी तपिश से सब कुछ जीता है, जन्मता है और फलता है, लेकिन एक सूरज धरती पर भी उगता है, ख़ास सूरज, एक मन की धरती के लिए। सिर्फ एक मन के लिए, सारे का सारा।

इससे एक बात, एक रिश्ता बन जाती है, एक ख़याल, एक रचना और एक सपना, एक हकीकत। इस सूरज का रूप इंसान का होता है। इंसान के रूपों की तरह इसके भी कई रूप हो सकते हैं।

आमतौर पर यह सूरज एक ही धरती के लिए होता है, लेकिन कभी-कभी आसमान के सूरज की तरह आम भी हो जाता है, सबके लिए, तब यह देवता, गुरु या पैगम्बर के रूप में आता है।

मैंने इस सूरज को पहली बार एक लेखिका के रूप में देखा है, एक शायरा के रूप में। किस्मत कह लो या संयोग, मैंने इसे ढूँढ़कर अपना लिया है, एक औरत के रूप में, एक दोस्त के रूप में, एक आर्टिस्ट के रूप में और एक महबूबा को रूप में।

13.9.67

जीती

ख़त अमृता का

जीती,

आज सवेरे भारत के राजदूत ने अपने घर बुलाया था।

कल एयरपोर्ट पर भी किसी को भेजा था, स्वागत करने के लिए।

इस समय मेरे कमरे में दो देशों के बड़े लाल-लाल फूल सजे हुए हैं, एक यूगोस्लाविया से विदा होने के मौके पर और दूसरे हंगरी के स्वागत के अवसर पर।

हंगरी में अच्छी चाय नहीं मिलती, कॉफ़ी अच्छी है, पर चाय कड़वी, बेस्वाद और लिसलिसी भी।

आज इंडियन एंबेसी ने मुझे हिंदुस्तानी चाय का एक बड़ा पैकेट दिया है।

रोमानिया से बुलावा आ गया है।

लगभग 21 तारीख़ को रोमानिया जाऊँगी। 15 अक्टूबर तक वहाँ रह कर फिर बुल्गारिया और फिर जर्मनी।

रास्ते में कोई तीन दिन तेहरान और नवंबर के पहले हफ्ते में वापिस दिल्ली पहुँच जाऊँगी।

सच, जीती, फासिज़्म के अर्थ हमारे हिंदुस्तान में किसी की समझ में नहीं आ सकते। यूरोप ने इसे भुगता है। अभी तक हंगरी में शहरों की दीवारें बमों के धुएँ से काली और छिली हुई हैं। मारे हुए लोगों के सिर्फ मॉन्यूमेंट रह गए हैं या कुछ तस्वीरें . . .

कैंडी और नागी[1] को मेरा प्यार

तुम्हारी माजा

---

1. कैंडी से तात्पर्य है कंदला और नागी से *नागमणि*।

ख़त अमृता का

मेरे जीती,

तुम्हारे ख़तों में दोहरी भाक्ति है।

वो मुझे वहाँ भी बुलाते हैं और यहाँ भी ठहराते हैं।

सैली का कभी बड़ौदा से ख़त आया है या नहीं?

कंदला बेटी बहुत याद आती है।

अभी मेरी इंटरप्रेटर आई है। दफ्तर से तुम्हारा ख़त लाई है।

मेरी जान जीती, तुम्हारा हर ख़त मेरे होंठों पर ताजा साँस की तरह आता है . . .

16.9.67

तुम्हारी

माजा

ख़त अमृता का

मेरी नागी के कलाकार,

हंगेरियन लेखक बहुत अच्छे लोग हैं।

बड़े सादा दिल, पाक नज़र दुनिया भर के साहित्य को जानने के लिए प्यासे।

तुम्हारी *नागमणि* के अंक देख-देख अघाते नहीं।

रोज़ बारी-बारी से उनके घर जाती हूँ। वो रोज़ बारी-बारी से मेरे होटल आते हैं।

मेरा कमरा नित्य ताज़ा फूलों से महकता रहता है। वो हाथ में फूल ज़रूर लाते हैं।

दो हंगेरियन कवियों की किताबें इस समय पेंगुइन सीरीज़ में छप रही हैं। लेखन में नए प्रयोगों के लिए अब ये आतुर हैं।

लगभग 10 साल इनकी कलमों पर बहुत सख़्ती रही है। यह समय इन्होंने साँस रोककर काटा है, अब इनकी रचनाएँ स्वीकार की जा रही हैं।

कल यहाँ का एक कवि केवल गिंसबर्ग की कविताएँ मुझसे सुनने आया था। झूम रहा था और सोच रहा था कि अभी भी ये कविताएँ क्यों उसके मुल्क में नहीं छप सकतीं।

आज अभी हंगरी से जाने के दिन तुम्हारे तीन ख़त एक साथ मिले हैं, 6 तारीख़ का, 12 का और 13 का।

मुझे लग रहा है कि आज तुम और मैं एक साथ रोमानिया जा रहे हैं।

22.9.67

तुम्हारी
माजा

ख़त अमृता का

कमाल है जीती,

रात को सवा दस बजे रोमानिया पहुँची थी। एयरपोर्ट पर इंडियन एंबेसी की ओर से भी गाड़ी आई हुई थी।

संदेश मिला . . . सवेरे किसी समय मैं एंबेसी आऊँ।

सवेरे चाय पीकर गई, तो जाते ही तुम्हारे दो ख़त मिले, जैसे तुम मुझसे भी पहले मुझे लेने के लिए यहाँ रोमानिया पहुँच गए थे।

तुम्हारा होना हर फ़ासले से बेनियाज़ है। तुम्हारा होना राह भी है और मंज़िल भी। हकीकत की तरह धरती पर एक जगह खड़ा भी है और कल्पना की तरह हर जगह, हर पसारे में भी।

इस दुनिया में मुझे जहाँ भी, जो कुछ अच्छा लग रहा है, वह सब तुम्हारे होने के कारण। तुम्हारा होना इसकी पृष्ठभूमि, तुम्हारा होना इसका क्षितिज।

एंबेसी से तुम्हारे ख़त लेने के बाद अपनी इंटरप्रेटर के साथ दफ्तर की गाड़ी में घूमकर शहर देखा। पाँच मंज़िल, नौ मंज़िल, ग्यारह मंज़िल की इमारतों का हर बरामदा फूलों से भरा हुआ। चौक बुतों से सजे हुए। सड़कों के बीच की पटरियाँ फूलों से लाल-हरी लकीरें बनाती हुई। बड़ा मनोरम शहर है। शहर में कितने ही बाग और झीले हैं।

डेढ़ बजे राइटर्स यूनियन का बुलावा था। तुम्हें शायद ज़हरिया स्टांको का नाम याद हो, जिनके नॉवल *बेयर फुट* के संबंध में बहुत समय हुआ अपने एक लेख में मैंने उनका उल्लेख किया था, वह मुझे एशियन राइटर्स सम्मेलन के अवसर पर दिल्ली में मिले थे। यहाँ वह यूनियन के प्रेसिडेंट हैं।

दोपहर का खाना उनके साथ खाना था।

कुछ रूसी-लेखक भी आए हुए थे। दो बजे खाना शुरू हुआ। पाँच बजे ख़त्म हुआ। बहुत लंबे और शायराना टोस्ट दिए गए।

रूसी लोगों का एक टोस्ट था, शायरी, क्योंकि स्त्रीलिंग शब्द है, इसलिए अमृता को मिलने के बाद हम कह सकते हैं कि शायरी हिंदुस्तान में पैदा हुई ...

और कई टोस्ट थे।

मेरा टोस्ट था, हमारी ज़बान में साकी शब्द उसके लिए है, जो जाम भरे ... (उस समय मेज़बान जहारिया स्टांको हम सबके गिलासों में वाइन डाल रहे थे), पर इस शब्द का अगर रोमानिया की ज़बान में तर्जुमा करें, तो बनता है-ज़हारिया स्टांको।

मेरी जान, जीती,

मेरी ज़िंदगी का सबसे बड़ा टोस्ट, तुम्हारे होने का नाम ...

23 सितम्बर, 1967, नार्थ होटल, बुखारेस्ट।

तुम्हारी

माजा

ख़त अमृता का

जर्मनी का टिकट आज दोपहर तक भी इंडियन एंबेसी में नहीं पहुँचा था।

जर्मन एंबेसी ने बताया कि टिकट वहाँ से भेजा जा चुका है। उन्होंने केबल देकर टिकट का नंबर भी मालूम कर लिया है, लेकिन टिकट कहीं से भी नहीं मिल रहा था।

आखिर एक बूढ़े रोमानियन ने बताया कि हवाई जहाज़ के दफ्तर से मालूम करें, वह टिकट रख लेते हैं, पहुँचाते नहीं।

आज सारा दिन खपने के बाद पता चला कि टिकट हवाई जहाज़ के दफ्तर में पड़ा है।

यहाँ लोग बताते हैं, हमें अगर साठ दिनों में भी अपने दफ्तरों से ख़त का जवाब मिल जाए, तो हम अपने आपको ख़ुशनसीब समझते हैं।

यह भी सोशलिज़्म है . . .

12 अक्टूबर, 1967

तुम्हारी

माजा

ख़त इमरोज़ का

माजा,

चारों ओर दुनिया एक ऐसी भीड़ दिखाई दे रही है, जो सच को जीते जी ही किसी गंगा में बहा आई हो, या कहीं दफ़न कर आई हो और अब इस सच की समाधि को, इस सच के मकबरे को, सब पूज रहे हों, सजदा कर रहे हों।

नज़र-नज़र में, बात-बात में, रिश्ते-रिश्ते में, एक-एक आदमी में इस समाधि की, इस मकबरे की परछाई दिखाई देती है।

कितनी अजीब बात है, इन्हें लाश स्वीकार है,

लेकिन ज़िंदगी नहीं।

कोई वक़्त था, हम कोई रिश्ता बनाते वक़्त, कोई काम करते वक़्त, कोई व्यापार शुरू करते वक़्त और कुछ भी करने लगते तो बिस्मिल्लाह कहा करते थे, लेकिन अब 'कम्प्रोमाइज़' सुन रहे हैं, ये जानते हुए भी कि 'कम्प्रोमाइज़' कमज़ोरी और डर की पैदावार है . . .

ज़िंदगी एक ऐसा फूल बनती जा रही है, जिस पर समय की धूल पड़ रही है, लेकिन नज़र की भाबनम नहीं।

9.10.67

जीती

ख़त इमरोज़ का

माजा,

मैं अकेला बैठा तुम्हें सोच रहा हूँ।

तुम वेस्ट जर्मनी पहुँच रही होगी . . .

मेरे ख़यालों का हिसाब सुनो –

वेस्ट जर्मनी जमा दस दिन, जमा अमृता बराबर है – एक हसीन सफ़र।

भोपी आज साड़ी पहन कर घर में ऐसे घूम रही है, जैसे किसी छोटी-सी चिड़िया को अचानक पँख मिल गए हों, जिसकी वजह से उससे टिका न जा रहा हो।

वह अपने बॉय फ्रेंड का इंतज़ार कर रही है। कभी पानी पीती है, कभी बरामदे से बाहर झाँकती है, कभी कमरे में जाकर शीशे में, जैसे अपना आप घड़ी-घड़ी देखना पड़ रहा हो, पँखों समेत।

सो आज का हिसाब है –

जवानी, जमा पँख, जमा सपने, जमा इंतज़ार, बराबर है –

एक मैडनेस।

ख़तों के ज़रिये बातें करने की यह लड़ी आज आख़िरी है।

जब तुम्हें यह ख़त मिलेगा, तुम वापसी की तैयारी कर रही होंगी।

मैं मोमबत्तियाँ रखकर दीवाली का इंतज़ार करूँगा, अपनी दीवाली का, जो लोगों की पहली तारीख़ की दीवाली के तीन दिन बाद आएगी।

तुम्हारे आने के साथ ही ये मोमबत्तियाँ जल उठेगी, यह घर जगमग कर उठेगा, मैं जाग उठूँगा, मेरा 'होना' जगमगाएगा।

21.10.67

जीती

ख़त अमृता का

मेरे इमरोज़,

आज मेरे हाथ से मेरी कलम छूट गई। शायद आज वह मेरे एक सौ चालीस लाख पंजाबियों के घर-घर जाकर कुछ पूछने कुछ बताने चली गई है।

आज मैं रोमानिया की उस लाइब्रेरी में बैठी थी, जिसका नाम है, बी.पी.टी. (यह ब्रिब्लोपिका पैनतरू तोतास का संक्षेप है और इसका अर्थ है, हर मनुष्य लाइब्रेरी)

इस लाइब्रेरी में प्रकाशक हर सप्ताह एक किताब छापते हैं। हर किताब के 400 से 500 सफे होते हैं। और हर किताब का पहला संस्करण 75,000 का होता है। और हर किताब के कई संस्करण छपते हैं, किसी-किसी के बीस संस्करण भी।

यह हर सप्ताह छपने वाली किताब कभी किसी रोमानियन लेखक की लिखी हुई होती है और कभी किसी परदेसी किताब का तर्जुमा।

पर यह सारे प्रकाशन का एक हिस्सा है, देसी और परदेसी साहित्य को छापने वाला। अगर इसके साथ केवल देसी साहित्य के प्रकाशन को भी लिया जाए, तो हिसाब बनता है, हर डेढ़ दिन बाद एक किताब का प्रकाशन।

1931 की बात है मुल्क में बहुत बड़े एक शायर की एक किताब छपी थी, जिसकी गिनती सिर्फ 500 कॉपियाँ थीं।

चौदह साल बीत जाने के बाद किसी को उस किताब की ज़रूरत पड़ी। उसने ख़रीदी तो पता चला कि अभी तक वे 500 कॉपियाँ भी पूरी नहीं बिकी थीं।

पर 1963 चढ़ा, तो जैसे लोगों को उस किताब की प्यास लगी।

उसी साल उस किताब का दूसरा संस्करण छपा 6,000 और छपने के 24 घंटे बाद उस किताब की एक कॉपी भी मिलना मुश्किल हो गई और फिर उसी किताब का एक और संस्करण छापा गया बीस हज़ार का। और अब उसी किताब का एक नया-संस्करण छपा है, अस्सी हज़ार।

यह सब मेरे सपनों से बाहर नहीं, पर समझ से बाहर ज़रूर है। पता नहीं ऐसे सपने समझ से बाहर क्यों होते हैं . . .

'1934 में यह सपना हमारी समझ से बाहर था।' ये लोग कहते हैं और बताते हैं। अब हर रोमानियन पहली तारीख़ को वेतन लेकर सबसे पहले किताबों की दुकान पर जाता है।

इस साल किताबों की माँग लोगों की गिनती पर पूरी नहीं उतरी, इसलिए अगले साल से हर सप्ताह में एक किताब छापने की जगह दो किताबें छाप रहे हैं। (महँगी किताबें भी छपती हैं, अस्सी या सौ लई तक की कीमत की, पर हर सप्ताह छपने वाली किताब की कीमत सिर्फ पाँच लई होती है।)

'सपने समझ की सीमा में किस तरह आते हैं।'

शायद यही बात अपने लोगों से पूछने और बताने के लिए आज मेरी कलम मेरे हाथ से छूट गई है और मुझे रोमानिया में बैठी को लग रहा है कि वह इस समय हैरान और परेशान पंजाब की गलियों में भटक रही है . . .

नॉर्थ होटल, बुखारेस्ट, 26.9.1967

तुम्हारी माजा

ख़त अमृता का

जीती,

'या अल्लाह, गौड़ों से आगे भी कुछ है!'

कहते हैं, एक ब्राह्मण-भोज की पूरियाँ और खीर से भरी थालियों को देखकर एक ग़ैर- हिंदू का मन ललचा गया और उसने उस भोज में शामिल होना चाहा।

एक दोस्त ने सलाह दी कि वह धोती-कुर्ता पहनकर चुपचाप पंक्ति में बैठ जाए। अगर किसी ने सवाल किया कि वह कौन है, तो कह दे कि हिंदू है।

अगला सवाल यह भी हो सकता है कि वह कौन हिंदू है? सो उसने वह जवाब भी रट लिया कि वह गौड़ हिंदू है।

पर जब वह पंक्ति में बैठ गया, तो उसके बैठने के अंदाज़ से किसी को भाक हो गया। सवाल किया गया, 'भई, तुम कौन हो?'

उसने तपाक से जवाब दिया, 'मैं हिंदू हूँ।' फिर अगला सवाल हुआ, 'कौन हिंदू?' उसने रटा-रटाया जवाब दिया, 'गौड़ हिंदू।' जवाब तसल्लीबख़्श नहीं लगा। इसलिए सवाल किया गया, 'कौन गौड़?'

अब वह घबरा गया और उसके मुँह से अचानक निकल गया, 'या अल्लाह गौड़ के आगे भी कुछ है?'

मेरे इमरोज़?

कल रोमानिया के प्रकाशन हाउस में जाकर हर डेढ़ दिन बाद एक किताब के प्रकाशन का जो हिसाब देखा था, तो आज पता चला कि वह सिर्फ एक प्रकाशन हाउस का हिसाब है।

आज यूनिवर्सल पब्लिकेशन हाउस में जाकर देखा है, दो सौ लाख की आबादी के इस छोटे से देश में हर साल आठ हज़ार नई किताबें छपती हैं, प्रति व्यक्ति चार किताबें।

यह सारा प्रकाशन कई सिरलेखों में बँटा हुआ है – पोहज़ी (पोएट्री), समकालीन-असमकालीन क्लासिक, आज की कथा-कहानी, साहित्य की तवारीख़, नाट्य-कला, रिसर्च, समालोचना इत्यादि।

दुनिया भर के साहित्य का इन्होंने अपनी ज़बान में तर्जुमा किया है। कोई तीस किताबें अमरीकन साहित्य से, तीस लैटिन अमरीका के साहित्य से, तीस सोवियत साहित्य से, तीस फ्रांसीसी साहित्य से, पच्चीस अंग्रेज़ी साहित्य से, पंद्रह जर्मन साहित्य से, पंद्रह इतालवी साहित्य से, भारतीय साहित्य से महाभारत, रामायण और उपनिषदों के कुछ हिस्सों के अलावा इन्होंने कालिदास और टैगोर की कई रचानाएँ भी प्रकाशित की हैं।

आज के साहित्य से यह प्रेमचंद, आर. के. नारायण, यशपाल, रेणु, शिवशंकर पिल्लै, राजाराव और राजेन्द्र यादव की कुछ पुस्तकें प्रकाशित कर चुके हैं, कुछ कर रहे हैं।

शेक्सपीयर के बारे में हर मुल्क के विचार, अमरीका में मानववाद, लैटिन साहित्य की तवारीख़, उत्तरी अमरीकन साहित्य की तवारीख़, आज के साहित्य की तवारीख़ आदि मुश्किल और महँगी किताबें भी दस-बारह हज़ार की गिनती में छपती हैं।

या अल्लाह! आज इससे ज़्यादा कुछ नहीं कहा जा रहा। सिर्फ चमड़े की और सिल्क की जिल्दों में बँधी हुई इन किताबों को अपने हाथ से बार-बार छू रही हूँ, जैसे एक सपने को छूकर देखने का यत्न कर रही हूँ।

27 सितम्बर, 1967, बुखारेस्ट।

तुम्हारी अमृता

---

1. शीर्षकों (विधाओं)।

ख़त अमृता का

प्यारे इमरोज़,

एक परेशानी-सी हुई। 21 अक्टूबर को यूगोस्लाविया के एक शहर करागूयेवाच में जर्मन फौजों ने 7,000 लोग कत्ल किए थे।

मैं अगस्त का महीना यूगोस्लाविया में गुज़ार आई थी, लेकिन करागूयेवाच के लोगों ने 21 अक्टूबर को मुझे फिर आने का बुलावा दिया है।

300 मरे हुए बच्चों की याद में यूगोस्लाव शायरा डीसाकां मेक्सीमोटिच ने जो नज़्म लिखी थी, उसका पंजाबी तर्जुमा वो उस दिन मुझसे सुनना चाहते थे।

देश-देश घूमते ढाई महीने हो गए हैं। इसलिए इस बुलावे को किसी और साल पर टाल कर मैं यूगोस्लाविया जाने की जगह पर जर्मनी आ गई हूँ। अजीब इत्तिफ़ाक है कि जर्मनी पहुँचने की तारीख़ भी वही है, 21 अक्टूबर।

पूर्वी यूरोप के कई देश देखे हैं, पर पश्चिमी यूरोप में आने का यह पहला मौका है। इसलिए आना चाहती थी, पर एक अजीब बेचैनी थी। इस तारीख़ में वहाँ नहीं गई, जहाँ तीन सौ बच्चे मारे गए थे। वहाँ आई हूँ, जहाँ की फौजों ने उन बच्चों को मारा था।

उसी तारीख़ फ्रैंकफर्ट में एक लेखक हाइनरिख बाउल को जर्मनी का गबोरग अवॉर्ड मिला था और उसी समागम में शामिल होने का मुझे बुलावा था।

शामिल तो हुई, लेकिन मन की रौ मेरे साथ चलने से, मेरे साथ बैठने से इनकारती रही, फिर हाइनरिख बाउल की जवाबी तकरीर ने मेरी मदद की।

उसने कहा – यहाँ आप लोग मुझे इंसानी जज़्बात की पैरवी करने के लिए सम्मानित कर रहे हैं, पर यह सम्मान लेते हुए मुझे ख़ुशी नहीं। यहाँ से कुछ दूर वियतनाम पर बम गिर रहे हैं और मैं कुछ नहीं कर सकता . . .

राजनीति की दुनिया और होती है और इंसानियत की दुनिया और, सोच सकती थी, फिर भी सबसे पहले जिस जर्मन लेखक से मिली, सवाल किया, 'उस समय, हिटलर के दिनों में लेखकों का क्या हाल हुआ होगा?'

तीन बातें सामने थीं, मौत, जलावतनी और ख़ामोशी, चौथी बात कोई सामने नहीं थी?

जर्मन नॉवलिस्ट डरडगेज़र मुस्काराया और कहने लगा, 'सिर्फ तब नहीं, उससे दस साल बाद तक भी तीन हालात थे।'

'एक हालत बिल्कुल बेजान होने की थी।'

'एक बची हिम्मत को फिर से हड्डियों में डालकर जीने की कोशिश और सारी दुनिया से टूट गए तार को फिर से जोड़ने के प्रयत्न में इस सोच की कि यह सब कुछ कैसे हुआ और क्यों हुआ?'

कार्ल मार्क्स यहीं पैदा हुआ था, मुझे तवारीख़ी इमारतों और नक्शों को दिखाते हुए वैरंड दावी ने कहा, 'उससे भी पहले उसकी थ्योरी को गेवोरग बाअशनर ने लोगों तक पहुँचाया था। वह 23 साल का मर गया था...'

अगर कहीं वह जीता रहता . . .

और फ्रैंकफर्ट में गेटे का घर और स्टुटगार्ट में शिलर का घर देखते हुए सोच रही थी, इस धरती ने इतने फिलॉस्फर पैदा किए . . .पर . . . और मेरी दुभाषिया मिसेज़ मूलर ने मुस्कुरा कर कहा, 'हिटलर ऑस्ट्रियन था जर्मन नहीं।'

और फ्रैंकफर्ट में कहे दावी के लफ्ज़ कानों में बिलख पड़े, पर उस समय को माफ़ नहीं किया जा सकता। उसे लोग भी भुगतते हैं और साहित्यकार भी।

हमारे दार्शनिक अडोरनो का कहना है, 'जिस ज़बान के लोगों ने दुनिया में इतना कत्ल मचाया है . . . उस ज़बान में अब कोई कहानी या नज़्म नहीं लिखी जा सकती।'

अब मैं परेशान नहीं, एक अजीब-सा चैन है। इसलिए कह सकती हूँ कि जिस भाषा में ऐसी सोच है, चेतना है, उस भाषा में कुछ भी रचा जा सकता है।

26 अक्टूबर, 1967, स्टुटगार्ट।

अमृता

ख़त अमृता का

जीती,

कल ब्रेख्त का नाटक देखा था।

आज शाम की गाड़ी से म्यूनिख जाना था।

तेहरान का बुलावा मिला है, पर अभी तक वीज़ा नहीं मिला।

रोम से तेहरान के लिए प्लेन का कनेक्शन भी नहीं मिल रहा।

अगर तेहरान न गई, तो बहुत जल्दी वापस आ जाऊँगी।

मेरे इमरोज़,

इस वक़्त रात के ग्यारह बजे हैं। कल ठीक इसी वक़्त तेहरान पहुँचूँगी। यहाँ म्यूनिख से वापस फ्रैंकफर्ट, फिर वहाँ से तेहरान की सीधी फ्लाइट मिल जाएगी।

म्यूनिख जर्मनी के दक्षिण में बवैरिया प्रांत का सबसे बड़ा सांस्कृतिक केंद्र है।

हिटलर का ट्रायल यहीं हुआ था। यहाँ के लोग हिटलर का नाम तक नहीं लेते। अगर उसकी बात करनी हो, तो 'मिस्टर एच' कहकर ही काम चला लेते हैं।

ये दक्षिण के लोग उत्तर के लोगों से बहुत अलग स्वभाव के हैं। इनका स्वभाव जीवंत, सादा और मिलनसार है। उत्तरी हिस्से के लोगों को ये अपने साथ मिला नहीं सकते।

मेरी आज की शाम जर्मन लोक-गीतों में भीगी हुई थी, सात बजे से लेकर पौने ग्यारह बजे तक।

कोनिएक (Coghac) में भीगे हुए फल खाती रही और गीतों में भीगी हुई शाम का मज़ा लेती रही। इन गीतों में एक गीत था –

आज बवैरिया में परदेसी आए हैं
अमरीका से आए हैं
फ्रांस से आए हैंबर्लिन से आए हैं

सो बर्लिन से आए लोग भी इन लोगों के लिए, अमरीका या फ्रांस से आए लोगों की तरह परदेसी हैं।

जिस रेस्तरां में वह गीत सुन रही थी, वह देहाती वातावरण का खास रेस्तरां है।

यहाँ गाय के गले में बँधी घंटियों का संगीत सुनाया जाता है। कौमी लिबास पहने लड़कियों का नाच दिखाते हुए बीच-बीच में अजीब व्यंग्य खेले जाते हैं।

लोग लकड़ी की सुराहियों से बीयर पीते हैं। सफेद सौसेज़ और कोनिएक में भीगे फल खाते, बराबर तालियों से, सीटियों से, लोक गीतों की कुछ पंक्तियाँ दोहराते हुए एक्टरों का साथ देते रहते हैं। किसी वक़्त बैरे कागज़ की मूँछ भी हरेक को दे जाते हैं। लोग ये मूँछ नाक से जोड़ लेते हैं और एक्टरों में शामिल हो जाते हैं।

आरंभ सादा व गम्भीर लोकगीतों से हुआ –

शहर की दीवार के बाहर एक पेड़ है
इस पेड़ के नीचे मैंने बहुत से गीत गढ़े हैं
और इस पेड़ के नीचे मैंने बहुत से सपने देखे हैं
बर्फ़ से भीगी हवा बह रही है
मेरे सिर का पल्लू उड़ गया है।
कहीं चैन नहीं, पर लोग कहते हैं –

बहुत कहीं दूर एक पेड़ है, वहाँ चैन मिलता है
मैं भी सोचता हूँ, जो भी अपहुँच है, वही ख़ूबसूरत है –

फिर ये गीत हल्के से हो गए-
दोनों लड़कियाँ ख़ूबसूरत हैं ...
पर एक बहुत ही हसीन है,
ख़ैर, मैं दूसरी से शादी करूँगा,
क्योंकि उसके घर में पाँच गाय ज़्यादा हैं।

और फिर लोग ज़िंदगी के व्यंग्य खेलने लगे। कुछ भी हो, लोक राजवाले देशों में लिखने और बोलने की जो स्वतंत्रता होती है, उसका कोई मुकाबला नहीं। ये व्यंग्य कुछ इस प्रकार थे –

'हमारी ट्रामों के किराये बढ़ गए हैं, पर कोई बात नहीं,

हमारा मेयर कभी-कभी अपनी कार छोड़ कर एक इश्तहारबाज़ी की ख़ातिर ट्राम में जाता है
पिछली बार उसने टिकट नहीं लिया
मैं भी मेयर की तरह ट्राम की टिकट नहीं लूँगा।'
'इस बार हमारा चांसलर चुनाव में जीत नहीं सका,
पर कोई बात नहीं
अब वह अमरीका जाएगा और जॉनसन का बैरा बन जाएगा।'

'हमारा फाइनेंस मिनिस्टर आजकल क्या कर रहा है?
वह बहुत मसरूफ़ है।
शाहे-ईरान को और उधार देने के लिए वह पैसे जमा कर रहा है।'
'अगर रूसी और अमरीकी लोग कभी स्पेस में मिलें, तो वहाँ कोई दुभाषिया नहीं होगा।'

'वो बातें कैसे करेंगे?

बड़ी आसान सी बात है,
वे दोनों जर्मन ज़बान बोलेंगे।'

'मैं मनचाहे गीत गाता हूँ और नित नए गीत गढ़ता हूँ
मैं अपने मुल्क के प्रधानमंत्री की तरह गुलाम नहीं हूँ।
वह अपनी तकरीर का हर्फ़ पहले कागज़ पर लिखता है,
फिर कागज़ को देख-देखकर बोलता है
वह एक पंक्ति भी बढ़ा नहीं सकता,
पर मैं अपने गीतों में नित नई पंक्ति बढ़ाता हूँ।'

कल दोपहर एक कंसन्ट्रेशन कैंप देखा, शहर से कोई बीस किलोमीटर दूर।

कभी यह भयावह कांड यहीं हुआ था,
1845 की अप्रैल 19 को 32,335 यहूदी यहीं पर . . .

यह सिर्फ एक कैंप की बात है। इस जैसे कितने कैंप कितनी जगह . . .

सिर्फ मुझे ही नहीं . . . आज जर्मन लोगों को भी समझ में नहीं आता कि यह सब कुछ कैसे हुआ था, क्यों हुआ था . . .

कुछ और लोग भी यहाँ आए हुए थे। कुछ जर्मन लड़कियों की आँखें मैंने आँसुओं से भीगी हुई देखी थीं।

एक जर्मन लड़की ने मेरा हाथ पकड़ लिया था और पूछा, 'आपका क्या ख़याल है कि हमारे लोगों ने यह जो कुछ किया था, कभी हमें इसका फल भुगतना पड़ेगा?'

आज वही देश है, पर ख़यालों के बिल्कुल नए कोण पर खड़ा है। शहर में बहुत बड़े-बड़े पोस्टर लगे हुए हैं –

'जो कोई जॉनसन की वियतनाम में बरती जा रही नीति का समर्थक है, वह कातिलों में शामिल है।'

जाती इंसानी ताकत को हर जगह और हर वक़्त किस तरह ज़िंदगी के निर्माण के लिए इस्तेमाल किया जा सकता है। यह एक तवारीख़ी सवाल है।

किसी एक मुल्क की फ़्लॉसफी ने ज़िंदगी से दूर रहकर इसका जवाब ढूँढ़ना चाहा है, तो किसी मुल्क की फ़्लॉसफी ने हर सतह को खोलकर।

लेकिन अभी फ़लसफे भी भटक रहे हैं और कलमें भी।

इस तलाश में कभी पश्चिम पूर्व की ओर, तो कभी पूर्व पश्चिम की ओर। यह हर देश का सवाल है, पर जहाँ जितनी ज़्यादा चेतना है, यह उसकी सामर्थ्य पर निर्भर करता है।

जर्मनी के बारे में एक बात ज़रूर कह सकती हूँ, यहाँ आम लोगों की यह चेतना बहुत तीखी है।

मेरी गाइड, लड़की भी बड़ी ख़ूबसूरत और विचारवान है। उसने जब मेरे पास खड़े होकर आज बड़ी गहरी आँखों से वियतनाम के ज़ुल्मों से भीगे उस पोस्टर को देखा और उसकी आँखें एक गहरी हमदर्दी में भीग गईं, तो मुझे लगा, पोस्टर का हर हर्फ़ कुछ और हो गया है . . .

28 अक्टूबर, 1967, म्यूनिख।

तुम्हारी अमृता

ख़त अमृता का

सच इमरोज़,

कभी अपनी किसी नज़्म को पढ़ने पर इस तरह लगता है, जैसे कोई अपनी नब्ज़ देख रहा हो।

यह किसी एक नज़्म के बारे में ही कहा जा सकता है।

नज़्में कई होती हैं और कई . . . अपने ही हाथ-पैर, बाँह या नाक-कान छूने के बराबर भी।

लेकिन हाथ की नब्ज़ देखने के बराबर सिर्फ एक नज़्म होती है . . . और किसी का पता नहीं, पर मुझे इसी तरह लगता है . . .

तेहरान में बसते जिन पंजाबियों ने यूरोप से देश लौटती को कुछ दिनों के लिए यहाँ बुलाया है, उन्होंने आज शाम नज़्में सुनना चाहीं. . .सुनाना थी, इसलिए सुनाई।

इससे पहले सिवाए किसी एक के, किसी ने भी मेरा कुछ पढ़ा हुआ नहीं था, सिर्फ नाम सुना था, इसलिए बुला लिया।

आज नज़्में पढ़ने से पहले भी और पढ़ते हुए भी ऐसा लग रहा था कि ख़ुद ही सब कुछ कहना-सुनना है, पढ़े जा रही थी। और वह भी वे नज़्में, जो सुनना चाहती थीं। अगर ख़ुद ही सुनना था, तो फिर वह क्यों नहीं, जो सुनना चाहती थी।

नज़्में पाँच-छह थीं, पर एक नज़्म पढ़ते यूँ लगा, जैसे मैं अपने हाथ पर दूसरे हाथ की उँगलियाँ रखकर अपनी नब्ज़ देख रही थी।

यह अचानक नहीं लगा, कल से पता था।

कल यहाँ एक ईरानी अमीर के घर दावत थी। शाह ईरान की ताजपोशी के सिलसिले में कई दिनों से ये दावतें चल रही हैं।

यह दावत एक ऐसे घर में थी, जहाँ मौसीकी के इश्क की रवायत ईरानी गलीचों की तरह बिछी हुई थी। अदबो-आदाब का एक खास माहौल था। गिटार के काँपते हुए स्वर थे (काँपते हुए नहीं कहूँगी) और फिर वहाँ ऐनी भी मिल गई, कुर्तुल ऐन हैदर। उसकी ठंडी-सी दोस्ती मुझे हमेशा अच्छी लगती है, बर्फ़ में लगी व्हिस्की की तरह और इन सबको मिलाकर मुझमें एक अजीब-सा करार था। ऐसा करार जो शराब के घूँट की तरह तलब भी लगाता है और खुमार भी देता है।

फिर मेज़ पर आए खाने की कई चीज़ों में एक चीज़ आई, तहेदेग।

पुलाव एक अलग प्लेट में, पर उसका निचला हिस्सा देग के बर्तन से सटा हुआ हिस्सा उतार कर प्लेट में डाला हुआ था। उसके नाम ने हौले से मुस्कराकर पूछा, जो मैं अपनी नज़्मों में से किसी नज़्म को तहेदेग कह सकू . . . वह कौन सी नज़्म है?

जवाब जैसे सवाल के बीच में ही था, कहीं बाहर नहीं गिटार के तारों में चुपचाप पड़ी गूँज की तरह, सिर्फ उस पर एक उँगली रखने की देर थी . . . टोस्ट . . . टोस्ट . . . मेरी वह नज़्म है, जो मेरी तहेदेग है।

आज कुछ और नज़्मों के पढ़ने के बाद फिर यही नज़्म पढ़ी और फिर इसके बाद कुछ और नहीं, क्योंकि इसके बाद मैं कुछ और पढ़ ही नहीं सकती थी।

अगर कुछ पढ़ सकती थी, तो फिर इसे ही पढ़ सकती थी, क्योंकि फिर से सिर्फ इसे ही सुन सकती थी, पर अपने सुनने का भार किसी

दूसरे पर नहीं डाल सकती थी। इसलिए इसके बाद फिर कुछ नहीं पढ़ा।

अब सोने से पहले इसे मैं एक बार ख़ुद पढ़ना और ख़ुद ही सुनना चाहती हूँ।

इसलिए तुझे ख़त लिख रही हूँ, नज़्म भी लिख रही हूँ।

'मैंने कल रात शीशे की सुराही में
ख़यालों की शराब भरी थी
ख़याल बड़े सुर्ख थे
दोस्तों ने जाम दिए थे
और उन लफ्ज़ों के टोस्ट दिए थे,
जो छाती में नहीं उगते,
वो कौन से पेड़ पर उगते हैं
और होंठों के गमलों में कैसे आते हैं,
यह सोचने का वक़्त नहीं था
या ऐसे कहूँ सोचने का सहम लगता है
यह लफ्ज़ों का जश्न था
गुलाबों की सालगिरह
मैं थी, रात थी, ख़यालों की शराब थी और बहुत दोस्त ...
दोस्त, जो कुछ बुलाने पर आए थे, कुछ बिना बुलाए
सिर्फ एक कोई 'वह' था,
जो बहुत बार बुलाने पर भी नहीं आया था

अभी सुबह हुई है

अभी मैंने एक घना जंगल देखा है
और ग़रज़ों के पेड़ देखे हैं।
उन पर आया अजीब पतझड़ भी,
पतझड़, जो लफ्ज़ों पे नहीं आता, सिर्फ मायनों पर आता है।
दोस्तों के लफ्ज़ अब भी गुलाबी हैं
बहार के फूल की तरह
सिर्फ मायने झड़ते देख रही हूँ
और भरे जंगल में मैं बिल्कुल अकेली हूँ

मैं हूँ, एक किरण है और शीशे की खाली सुराही है

यह कैसी चुप है, जिसमें पैरों की आहट शामिल है
कोई चुपचाप आया है
चुप से टूटा हुआ, चुप का हिस्सा
यह एक कोई 'वह' है, जो बहुत बार
बुलाने पर भी नहीं आया था

और अब मैं अकेली नहीं, मैं अपने साथ खड़ी हूँ

शीशे की सुराही में, मैंने नज़रों की शराब भरी है
और हम दोनों जाम पी रहे हैं।

वह टोस्ट दे रहा है, उन लफ्ज़ों के,
जो सिर्फ छाती में उगते हैं

यह मायनों का जश्न है –

मैं हूँ, वह है, और शीशे की सुराही में नज़रों की शराब है।

मैंने अभी कहा था कि इस नज़्म को मैं एक बार ख़ुद ही पढ़ना और ख़ुद ही सुनना चाहती हूँ।

इसका यह मतलब नहीं कि यह तेरे तक उस तरह नहीं पहुँच सकती,

जिस तरह मेरे तक सिर्फ यह कि इसे किसी तक भी पहुँचने की इस समय ज़रूरत नहीं, मेरे तक भी नहीं।

इसे इस समय सिर्फ अपने से अपने तक रखना चाहती हूँ।

तुम्हें ख़त लिख रही हूँ, नज़्म भी, सिर्फ इसलिए कि इस 'मैं' को, जो इस आज की शक्ल में मैं है, यह शक्ल देने में 'तू' भी शामिल बहुत देर पहले के 'मैं' के पास, सोचती हूँ, बहुत कुछ नहीं था, सिर्फ रहती उम्र के

साल बहुत थे, पर आज के 'मैं' के पास चाहे रहती उम्र के साल बहुत कम रह गए हैं, पर और बहुत कुछ बढ़ गया है।

इस आज के 'मैं' के पास जो कुछ बढ़ा है, उसमें मिले कितने कुछ का कारण तेरा होना है। नज़्म अब भी 'मैं' से 'मैं' तक ही रखी है।

सिर्फ मेरे दोस्त,

आई बैंक यू फॉर व्हाट यू आर।

2 नवम्बर, 1967, तेहरानतेरी।

अमृता

संदर्भ

रोजी-रोटी के लिए इमरोज़ को दिल्ली छोड़कर कई बार बंबई जाना पड़ता था, जो अपने आप में एक बनवास होता था। इमरोज़ वहाँ बंबई में अकेले और अमृता यहाँ दिल्ली में। ये ख़त उन्हीं दिनों के हैं।

ख़त इमरोज़ का

मेरी माजा,

यह दुनिया आज मुझे एक बहुत बड़े अख़बार की तरह दिखाई दे रही है और हर आदमी इस दुनिया का अख़बार के अलग-अलग लफ्ज़ की तरह है।

इस अख़बार के हैडिंग से लेकर हर प्रिंट लाइन तक सारे लफ्ज़ एक अजीब घबराहट से घिरे हुए खड़े हैं . . . वह एक्शन-रिएक्शन की अजीबो-गरीब भीड़ बन चुकी है।

अगर एक शब्द किसी शिखर की बात करता है, तो हज़ारों शब्द किसी अँधेरी खाई की डरावनी ख़बर बता रहे हैं।

अगर एक शब्द चाँद पर पहुँचने का सपना पूरा कर रहा है, तो हज़ारों, लाखों, करोड़ों शब्द एटम बमों से हज़ारों-लाखों मील तक हज़ारों-लाखों सपनों की तबाही कर सकने के दावे कर रहे हैं।

अगर एक शब्द प्यार की बात करता हुआ अमृता प्रीतम बनता है, कविता बनता है, तो करोड़ों-अरबों शब्द नफ़रत या घृणा का प्रचार करते हैं। नफरत का ग्रंथ और नफ़रत का कुरान उठाए हुए फिर रहे हैं।

मेरा वश चले तो मैं इस अख़बार के ये सारे-के-सारे शब्द मिटाकर एक शब्द लिख दूँ, सिर्फ एक शब्द, अमृता, जो देखते-देखते कविता बन जाए और फिर फैलकर सारी इबारत, एक सभ्यता पूर्व से पश्चिम तक।

6.12.1967, बनवास।

तुम्हारा जीती

ख़त अमृता का

मेरे जीती,

बनवास में मैं भी शामिल हूँ।

अपने जीती के बनवास में दिल्ली में रहकर भी शामिल हूँ।

अभी जापान के एक उपन्यास की एक पंक्ति पढ़ी - Here in ley the loneliness implicit in his vitality.

यह पंक्ति जैसे बिल्कुल तुम्हारी बात कर रही है। अपनी ताकत की कीमत हमेशा अकेलेपन से चुकानी पड़ती है। पर गनीमत है, अब तुम्हारे अकेलेपन में मेरा अकेलापन शामिल है और मेरे अकेलेपन में तुम्हारा अकेलापन।

चुप से टूटे हुए चुप के एक टुकड़े की तरह किरन से टूटे हुए किरन के एक टुकड़े की तरह।

आज बूँदाबाँदी हो रही है। इसलिए शायद डाकखाने नहीं जाया जाएगा। एक-दो दिन में कुछ पैसे मनीऑर्डर करवा दूँगी।

कल शाम चैकोस्लोवाकिया के दो लेखक आए थे। *नागमणि* का एक-एक अंक बड़ी हैरानी से देख रहे थे। हर अंक के डिज़ाइन की जब बात कर रहे थे तो लग रहा था, जैसे हर वाक्य में तुम्हारी बातें कर रहे हों।

मैं तुममें शामिल हूँ, लेकिन जब तुम्हारे हुनर का ज़िक्र छिड़ता है, तुम्हारे हुनर को सलाम करने के लिए एक फासले पर भी खड़ी हो जाती हूँ।

27.11.1967

तुम्हारी माजा

ख़त इमरोज़ का

आशी,

एक प्रोड्यूसर के पास बैठे बातें हो रही थीं, फिल्मों की।

कहानी से लेकर पेश करने तक की। बातों को जैसे अच्छी कहानी की प्यास लग गई हो, भूख लग गई हो और फिर यह प्यास, यह भूख कहानियों की तलाश में कहानियाँ ढूँढ़ने चल दी, और चलते-चलते अमृता के पास पहुँच गई, अमृता से *डॉ. देव*[1] तक, *डॉ. देव* से *पिंजर*[2] तक, *चक न. छत्तीस*[3] तक।

प्रोड्यूसर सयाना भी लगता है और सूझबूझ वाला भी। उसने मुझे डिज़ाइन बनाने के लिए बुलाया था।

तुम्हारा नॉवल पढ़ लेने के बाद . . . कौन जाने . . . यह कौन जाने अचानक मेरे भौंक का पता बन जाए . . . और फिर यह पता . . . अपने सपने का पता बन जाए . . . .

और मेरा बनवास मेरी अयोध्या बन जाए और मेरी ज़िंदगी का एक-एक पल तुम्हारा रामराज्य हो जाए

9.12.1967, बनवास

जीती

---

1. अमृता के उपन्यासों के नाम हैं।
2. अमृता के उपन्यासों के नाम हैं।
3. अमृता के उपन्यासों के नाम हैं।

ख़त इमरोज़ का

आशी,

शाम का समय था।

सूरज हौले-हौले समुद्र में उतरता दिखाई दे रहा था।

सारा महौल धुँधला-धुँधला, गुलाबी-गुलाबी, जैसे धीमे सुरों में दिन का आख़िरी गीत गा रहा था। वह गीत, जो जब ख़त्म होता है, तो उसमें एक नया गीत जन्म लेता है और जीता है, आगे आने वाले नए गीत तक।

कार में मैं और बब्बन यह सब कुछ देखते, सुनते और सराहते हुए मीना कुमारी के घर की तरफ जा रहे थे।

जुहू की एक सड़क थी, ख़ामोश, इर्द-गिर्द के नारियल के पेड़ों से घिरी हुई। शाम के सारे हुस्न से सजी और महकती हुई।

मीना का घर समुद्र के किनारे एक कॉटेज है। ख़ामोश भी और सादा भी।

मीना हमें अपने कमरे में ले गई। बब्बन अपनी फ़िल्म के कुछ सीन उससे चर्चा कर रहा था और मैं कमरे की हर चीज़ को देख रहा था, जाँच रहा था।

हर चीज़ उसकी तबीयत की गवाही दे रही थी।

तुम्हारा एक उपन्यास *पिंजर* मीना ने पढ़ा है और उससे वह इतनी इम्प्रेस्ड है . . . फिदा होने तक इम्प्रेस्ड है।

अब सुबह का वक़्त है।

मेरा जागना एक ख़त से दिन शुरू कर रहा है।

यह दिन एक जद्दोजहद से ख़त्म होता है।

ख़त तुम तक पहुँचाता है मुझे और जद्दोजहद अपने सपने की ओर . . .

11.12.1967, बनवास।

ख़त इमरोज़ का

माजा,

कल का यह शहर एक डर में साँस ले रहा है।

आज भी इस शहर की कल की ही तरह डरी-डरी, सहमी-सहमी-सी हालत है।

लोग कल के ज़लज़ले (भूकंप) से डरे हुए अपने घर छोड़कर पार्कों में रात बिता रहे हैं। बहुत-सी ऊपर की मंज़िलें खाली हो चुकी हैं।

जहाँ इस शहर को सबसे ज़्यादा बिजली मिलती थी, वहाँ सब से ज़्यादा नुकसान हुआ है।

सारा कस्बा ढह गया है। शहर के सिनेमाघर, स्टूडियो, कारखाने, मिलें बिजली के बंद होने से आधे बंद हैं।

लेकिन इंसान के अंदर की इंसानियत, जो दिनों-दिन ढहती जा रही है, किसी को नज़र नहीं आ रही है।

सिर्फ उसका 'आज' एक डर में साँस ले रहा है।

यह डर फ़िज़ा में फैल चुका है –
हर झूठ से लेकर हर सच तक
हर अजनबी से लेकर अपने तक
हर जफ़ा से लेकर वफ़ा तक
हर भूख से लेकर हर ऐश तक

हर कालिख से लेकर हर कला तक
हर जंग से लेकर एक सुलह तक
हर बरबादी से लेकर हर आबादी तक

हर कैद से हर आज़ादी तक
हर गुनाह से हर रूवाब तक
हर शैतान से हर ख़ुदा तक
हर जहालत से हर इल्म तक

इंसानियत की और तहज़ीब की इमारत पल-पल, ईंट-ईंट करके गिर रही है, जैसे नीचे बुनियादें ही खोखली हो गई हों। एहसास की बुनियाद, हुस्न की ख़ूबसूरती की बुनियाद, बोलों की पाकीज़गी की बुनियाद,

माजा!

यह कैसी ट्रेजडी है कि आदमी धरती पर सब कुछ होते हुए भी कुछ नहीं पा रहा है।

चाँद पर जाकर भी जैसे उसकी तलाश ही भटक गई है, नज़र से लेकर एहसास तक की।

13.12.1967, बनवास

जीती

ख़त इमरोज़ का

मेरी कौम, नया साल मुबारक!
मेरी दोस्त, नया साल मुबारक!
मेरी नज़र, नया साल मुबारक!
मेरे नुक्तए नज़र, नया साल मुबारक!
मेरी कला, नया साल मुबारक!
मेरे माहौल, नया साल मुबारक!
मेरी पहचान, नया साल मुबारक!
मेरे ईमान, नया साल मुबारक!
मेरी हकीकत, नया साल मुबारक!
मेरे करिश्मे, नया साल मुबारक!
मेरी माजा, नया साल मुबारक!
मेरे ख़ुदा, नया साल मुबारक!

चारों तरफ एक शोर मच गया है, चीखों जैसी ख़ुशियों का शोर, जो एक धुंध की तरह हर तरफ फैल चुका है, पैरो से लेकर सिर तक, कदमों से लेकर सोच तक, झोपड़ी से लेकर स्काईस्क्रपर तक, मिट्टी से लेकर चाँद-सितारों तक, नज़र से लेकर नुक्ताए नज़र तक, कायदे से लेकर कुरान, बाइबल और ग्रंथ तक और पहली साँस से लेकर ज़िंदगी तक।

ज़िंदगी की नज़्म इस शोर में बिखरती जा रही है।
हर नज़्म काग़ज़ के सलीब पर टँगी हुई ख़ामोशी लग रही है।
हर तस्वीर कैनवास में फँसी हुई बेरंग दिखाई दे रही है।
हर कला हमारे अंगों के खंडहर में दिन-ब-दिन दबती दिखाई दे रही है।

मैं इस शोर में खड़ा इसमें शामिल न होते हुए भी शामिल हूँ। नया साल शुरू होने की आवाज़ सुन रहा हूँ।

लेकिन यह आवाज़ किसी मुबारकबाद की नहीं। मेरे अंदर से 'मुबारक' लफ्ज़ अभी बाहर नहीं आ रहा। नए साल और 'मुबारक' में इस शोर का फासला है।

1.1.1968

जीती

ख़त इमरोज़ का

माजा,

एक काली रात में मैं खड़ा अपनी राह खोज रहा हूँ। राह, जो मेरे अपने पैरों में है।

एक वीरान शहर में खड़ा मैं अपना सपना खोज रहा हूँ। सपना, जो मेरे होने' में शामिल है।

एक खाली आसमान के सामने मैं खड़ा अपना तसव्वुर खोज रहा हूँ। तसव्वुर, जो मेरे ख़याल में है।

एक 'कल' नाम की बस्ती में मैं अपना आज ढूँढ़ रहा हूँ। आज, जो मेरी नज़र में है।

लेकिन मैं बाहर क्या ढूँढ़ रहा हूँ, कहाँ से और क्यों जहाँ कि मेरे अपने सिवा कुछ मेरा नहीं है।

4.1.68

जीती

ख़त इमरोज़ का

एक राह, सारी और साबुत राह,
आज अपने ही हर कदम से बिखरती जा रही है।

ओस की बूँद, हँसती, ताज़ा,
आज अपनी ही आँख का आँसू बनती जा रही है।

एक जहान ख़ुशबू का,
आज अपने ही अंदर घिरा हुआ, जैसे धुआँ बनता जा रहा है।

एक इंकलाब, अपने आपमें मुकम्मल आज बेपहचान,
अपने आप में मरता जा रहा है।

एक हुँकारा, विकास-दर-विकास का, मज़हब की तरह बेहुँकारा,
अपने आप सिकुड़ता जा रहा है।

एक ख़याल, हर साँस के साथ नया,
ईश्वर की तरह हर घड़ी बासी होता जा रहा है।

एक सवेरा, आज, बिन दोपहर,
बिन महक ढलता जा रहा है।

एक नज़र, नुक्तए नज़र जितनी,
नज़रों की भीड़ में बेनज़र होती जा रही है।

एक फिकरा पूरे इल्म जितना, अकेला,
अनजान ख़त्म होता जा रहा है।

7.1.1968

ख़त इमरोज़ का

माजा,

एक आदमी मस्जिद के अहाते में शीशे में देखकर ख़ुदा की तस्वीर बनाता हुआ पकड़ा गया। उसका सेल्फ पोर्टेट फाड़कर उसके गले में डाल दिया गया और उसे उम्र-भर के लिए जलावतन कर दिया गया।

गिरजाघर के अंदर ईसा सलीब से उतरकर गुनगुनाता हुआ अपने कपड़े पहन रहा था और बाहर देख रहा था। बाहर दिन के उजाले में एक दुनिया सारे कपड़ों समेत अपने सलीब पर चढ़ी एकदम ख़ामोश दिखाई दे रही थी।

जब से भगवान गंगा में बह गया है, लोगों ने मरने से इनकार कर दिया है।

सिर्फ कभी-कभी तस्वीर की, किसी नज़्म की या किसी कला की मौत की ख़बर सुनाई देती है।

8.1.68

जीती

ख़त इमरोज़ का

माजा,

ज्यों-ज्यों मैं अपने आपकी तरह चलता जा रहा हूँ, इस भरे शहर में हर साँस से और अकेला होता जा रहा हूँ।

इस अकेलेपन में तुम्हारे दो ख़त भी आकर खड़े हो गए हैं।

कोई कमरा, कोई मकान अभी तक नहीं मिला। मैं यहाँ खानाबदोश की तरह इधर-उधर भटक रहा हूँ।

जब मकान मिल भी जाएगा, मैं एक खानाबदोश की तरह ही उसमें रह रहा होऊँगा।

बसने के लिए एक धरती को खोजना बाकी है।

माजा,

तुम्हारे और मेरे जैसे लोग खोजना इन मकानों, इन शहरों, इन देशों में रहते हुए भी खानाबदोश हैं।

बसने के काबिल धरती की तलाश हमारी सोच, हमारे कृत्य और हमारे 'होने' में है।

यह तलाश ही हमारी खानाबदोशी है।

यह फ़िल्मी दुनिया एक अजीब अदृश्य चक्कर में साँस ले रही है।

उखड़ी-उखड़ी साँस और उखड़ी-उखड़ी ज़िंदगी, इनसिक्योरिटी से लेकर बॉक्स ऑफ़िस तक, फेल होने से लेकर फेम तक।

डर का चक्कर इन्हें चकराए जा रहा है। इनकी नज़रों को, इनके विचारों को, इनके क़दमों को, इनकी मान्यताओं को और इनकी कृतियों को।

इस चकराई हुई हालत की पैदावार हम रोज़ देखते हैं, सुनते हैं, पढ़ते हैं।

बेसिर-पैर के विचार, बेसिर-पैर की कहानी, इस बेसिर-पैर सब कुछ के सिर-पैर मेरी तलाश है, तुम्हारी तलाश है।

इसी अधूरेपन के खिलाफ हमारी 'रेजिस्टेंस' है।

इस 'रेजिस्टेंस', इस तलाश इस संघर्ष का एक रूप 'नागी' है।

तुम्हारे शब्दों और मेरी लकीरों के संघर्ष का एक हुँकारा।

10.1.68

जीती

ख़त इमरोज़ का

माजा,

कल का कैनवास एक रात की तरह आसमान के ईज़ल पर उदास खड़ा है। रंग तारों की तरह बिखरे हुए अपनी राह खोज रहे हैं।

आज वक़्त एक फ्रेम की तरह बेबस, अपनी प्रकृति के विरुद्ध, जैसे हर राह की हदबंदी बना सिकुड़ता जा रहा है।

अब मैं और मेरा ब्रश, अपने पैरों में अपनी चाल और सिर में अपना चिंतन पकड़े हुए पल-पल थकते जा रहे हैं . . .

13.1.68

जीती

ख़त इमरोज़ का

आशी,

यह कैसा शाप है, बहार अपने पत्तों के ज़रिये, फूलों के ज़रिये, ज़िंदगी के पेड़ को एक दीमक की तरह खोखला करने लग पड़ी है।

14.1.68

जीती

ख़त अमृता का

'हाय ओ रब्बा, नहियों लगदा दिल मेरा!'

रेशमा के गले से होकर मेरी आवाज़ मेरे सारे सेहरा (रगिस्तान) में घूम रही है। अगर तुम्हारा शहर भी इस सेहरा में है, तो तुमने भी यह आवाज़ सुनी होगी . . .

काला गुलाब के प्रूफ मेरे सामने पड़े हैं, सेहरा में भटकती हुई मेरी आवाज़ का इतिहास . . .

सारा इतिहास नहीं . . . केवल कुछ कांड।

आगे के कांड अनलिखे, सब तुम्हारे पास हैं, मेरे पास और रेशमा के पास।

8.2.68

तुम्हारी ऐमी

ख़त इमरोज़ का

मेरी ज़ोरबी, मेरी बाल कटी,

कल रात से मैं खलील जिब्रान से भरा हुआ हूँ।

खलील जिब्रान, जिसने ग्यारह साल पहले 'युगद्दष्टा' में पहली बार मेरे अंदर के मर्द को झकझोरा था, जगाया था, ललकारा था।

वह अपनी बात करते सबकी बात कर जाता है, बड़ी सादगी से, सहज भाव से . . ..

Love is the only freedom in this world.

28.9.68

इमरोज़

ख़त अमृता का

इमा,

इस बार
ब्रश में
होली का रंग
भरकर लाना . . .
तुम्हारे सफ़ेद हाथों की कसम . . .

9.2.68

ख़त अमृता का

मेरी जान जीती,

तुम्हारे बड़े प्यारे ख़त मिले, इतने की ज़िंदगी में विश्वास आ जाए . . .

हर कदम पर इस विश्वास तोड़ने वाली दुनिया में तुम, तुम्हारा होना और तुम्हारे ख़त, ज़िंदगी की रहमत हैं।

नहीं तो ज़िंदगी की कहानी कितनी लंबी होती है, यह तुम्हें भी मालूम है और मुझे भी।

आज सवेरे 'लेंग्वेज डिपार्टमेन्ट' की ओर से मेरी किताब के लिए एक सौ पच्चीस रुपए का चैक मिला, जो उनके शब्दों में 'इनाम' है, मेरे अल्फाज़ में हिमाकत। यह हिमाकत मेज़ पर नहीं रख सकती, इसलिए 75 पैसे पास से ख़र्च करके रजिस्टर्ड पोस्ट द्वारा वापस भेज रही हूँ।

अब कमरा साफ-साफ, सुथरा-सुथरा लग रहा है। अब यहाँ सिर्फ तुम्हारे ख़त हैं और मेरी कविताएँ।

कल शाम देविंदर 'स्क्रीन' ले आया था, तुम्हारा डिज़ाइन दूर से ही मेरी आँखों ने पहचान लिया।

6.4.68

माजा

ख़त अमृता का

जीती,

हम दीवानों का क्या कहना! दोपहर को सोई हुई थी कि दरवाज़े पर खट-खट हुई। आँख खुल-सी गई, लेकिन यह सोचकर सो गई कि ख़ुद जीती दरवाज़ा खोल देगा।

दरवाज़े पर फिर खट-खट हुई।

फिर जाग गई।

समझ में नहीं आ रहा था कि जीती, दरवाज़ा क्यों नहीं खोल रहा?

उठी और तुम्हारे कमरे की ओर गई कि जीती, दरवाज़ा क्यों नहीं खोला?

तो कमरा खाली था, कितनी ही देर बाद होश आया कि जीती बंबई में है।

15 तारीख़, इतवार को दोपहर के समय कंदला आ गई। तीन-चार छुट्टियाँ लेकर।[1] वैसे वह 19 तारीख़ को आने वाली थी। ख़त पढ़ कर आ गई कि मम्मा अकेली है।

आज दोपहर अचानक कुछ जापानी औरतें आईं, बाटिक देखने के लिए। पूरे 500 रुपए की चीजें ख़रीदकर ले गईं। इस समय मेरा बटुआ भरा हुआ है।

वैसे दिल भी भरा हुआ है . . .

---

1. कंदला चंडीगढ़ होस्टल में थी।

पर तुम्हारी ज़ोरबी हूँ, तुम्हारे कामों की कसम उदास नहीं होऊँगी।

17.9.68

तुम्हारी
ज़ोरबी

ख़त अमृता का

जीती,

तुम जितनी सब्जी लेकर दे गए थे, वे ख़त्म हो गई है।

जितने फल लेकर दे गए थे, वे भी ख़त्म हो गए हैं।

फ्रिज़ खाली पड़ा है।

मेरी ज़िंदगी भी खाली होती हुई लग रही है। तुम जितनी साँस छोड़ गए थे, वे ख़त्म हो रही हैं।

जीता, मेरे इस ऊपर लिखे ख़त को लेकर दुःखी मत होना। रात के गहरे अँधेरे में लिखा था।

मैं उदास हूँ, लेकिन ज़ोरबी हूँ, तुम्हारे काम का ख़याल आता है, तो अपने अकेलेपन को बहला लेती हूँ। वैसे नहीं मालूम यह उम्र का तकाज़ा है या ज़िंदगी के बाकी रहते थोड़े दिनों का एहसास।

जीती, अगर वहाँ काम का कोई भविष्य दिखाई देता है, तो ज़रूर स्ट्रगल करना, वरना व्यर्थ में मत भटकना। यहाँ घर बैठे हमें सूखी दाल-रोटी भी बहुत है। आज मैं अस्सी बरस की या पिछले ज़माने की औरत की तरह बातें कर रही हूँ।

शायद शाश्वत यही होती है।

26.9.68

वही शाश्वत

माजा

ख़त अमृता का

मेरे मज़हब, मेरे ईमान,

तुम्हारे चेहरे का ध्यान करके मज़हब जैसा सदियों पुराना लफ्ज़ भी ताज़ा लगता है और तुम्हारे ख़त?

लगता है जहाँ गीता, कुरान, ग्रंथ, बाइबिल आकर रुक जाते हैं उसके आगे तुम्हारे ख़त चलते हैं . . .

अवतार दो-तीन दिन मेरे पास रह गई है। कल शाम गई है।

मेरी मेज़ पर खलील जिब्रान का स्कैच देखकर पूछने लगी, 'यह इंद्रजीत का स्कैच है?'

मुझे अच्छा लगा। उसने धोखा भी खाया, तो खलील जिब्रान के चेहरे के साथ।

नक्शों में फर्क हो सकता है, पर असल बात तो विचारों की है।

सचमुच तुम्हारे इस नए ख़त को पढ़कर तुम्हारा और खलील का चेहरा मेरे सामने एक हो गया है।

एक पाकीज़गी जो तुममें देखी है, वह मैंने किताबों में पढ़ी तो ज़रूर है, लेकिन और किसी परिचित चेहरे में नहीं देखी।

तुम्हारे जाने के बाद एक कविता लिखी है 'रचनात्मक क्रिया' और एक लेख, एक कहानी भी, पर यह सब कुछ मेरी छोटी-मोटी कमाई है।

मेरी ज़िंदगी की असल कमाई मेरा इमरोज़ है।

अब घर कब आओगे? मुझे तारीख़ लिखो, ताकि उँगलियों पर दिन गिनूँ, तो उँगलियाँ अच्छी लगने लगें।

6.10.68

तुम्हारी ज़ोरबी

ख़त अमृता का

इमू,

जो शहर तुम्हारे हाथों को काम से भर दे, वह शहर तुम्हें मुबारक!

कल 'नागमणि संध्या' थी, नारियल फोड़ा, गुड़ तोड़ा और सब से पहले एक टुकड़ा तुम्हारी याद के मुँह से लगा दिया।

लगभग अठारह व्यक्ति आए थे, अच्छी संध्या थी, गहरी, गम्भीर!

सैलू[1] अभी नहीं आया। पंद्रह तारीख़ से हर खटखटाहट से चौंक पड़ती हूँ। कल दोपहर घबराकर तार दे दिया।

अभी जवाब नहीं आया है। उसकी मिस स्टालिन[2] भी फ़ोन करके पूछ चुकी है, 'ख़त नहीं आया?' मैं उससे पूछती हूँ, 'तुम्हारे पास भी ख़त नहीं आया?' बीच में एक जैनरेशन का अंतर है– पर औरत, औरत है, चाहे माँ हो या महबूबा।

नेहरू प्राइज़ के लिए जो रूसी आए थे, वे मिलने आए।

मरियम तीन-चार बार घर आई। दो प्यारी रूसी कविताएँ दे गई है *नागमणि* के लिए। एक को अनुवाद कर लिया है। उस कवि की तस्वीर भी वह दे गई है।

कल सवेरे जर्मन प्रतिनिधि से मिलकर, जर्मन शब्दों के ठीक उच्चारण नोट करूँगी। प्रेस में देने से पहले।

जर्मनी से ख़त आया है कि कहानियों की इस किताब *जंग के बाद* की तरह जर्मन कविताओं की किताब भी छापी जाए।

---

1. अमृता का बेटा नवराज, जिसे प्यार से सैलू भी कहते है।
2. उन दिनों नवराज की एक दोस्त।

अगले साल सोचूँगी। इस साल तो इन पच्चीस कहानियों के अनुवाद कर-करके थक गई हूँ।

साउथ अफ्रीका वालों का दिल्ली का दफ्तर मिल गया है। रिचर्ड रॉयल की तस्वीर के लिए उन्होंने अपने लंदन ऑफिस को लिखा है। किसी दिन घर आकर मुझसे मिलना चाहते हैं।

18.11.68

तुम्हारी ज़ोरबी

ख़त अमृता का

मेरे इमवा,

तुम्हारा परमानेंट पता मैं, मेरा परमानेंट पता तुम।

अभी मिले तुम्हारे ख़त से लगता है कि मेरे ख़त तुम तक नहीं पहुँच रहे हैं। मेरे ख़तों के साथ अभी यह ज़ुल्म होना बाकी था?

आज सवेरे तुम्हारी बेटी रुखसत की है। तुम्हारा कमरा इस समय उस आँगन जैसा लग रहा है, जहाँ से डोली रवाना की हो, सुर्खरू भी और खाली भी।

सैलू का फ़ोन आया था कल रात। वह 25 तारीख़ को आएगा। फ़ोन पर 'जन गण मन' गा रहा था . . .

उसकी आवाज़ से एक ख़याल सूझ आया, गुरु नानक पर महाकाव्य लिखने के लिए *नवयुग* वाले कह रहे थे। वह तो मैं नहीं लिखूँगी। पर एक ख़याल आया है, तृप्ता (नानक की माँ) जब गर्भवती थी, उसे गर्भ के दिनों में कैसे सपने आते होंगे, वह लिखू।

कविता का नाम हो, 'गर्भवती'। नानक जैसा पुत्र गर्भ में डालकर उसे ज़रूर बड़े प्यारे सपने आते होंगे।

21.11.68

तुम्हारी

ज़ोरबी

ख़त अमृता का

मेरे जीती,

सैली बहुत अच्छी किताबें लाया है।

इस समय जो पढ़ रही हूँ, वह है, द ट्रू *विलिव्ड बाय एरिक हाफर* (The true Believed by eric hoffer)। तुम्हें भी बहुत अच्छी लगेगी।

क्या 'क्लीयरिटी' है सोच में।

सैली के साथ शाम भरी-भरी है। वह सिर्फ किताबों की बातें करता है और किताबों की बातें कोई मेरे साथ चाहे हश्र तक करता रहे।

इस समय दोपहर है। सैली अपने कमरे में रिकॉर्ड बजा रहा है और उसके पास मिस स्टालिन बैठी है।

मेरे पास हर समय तुम . . .

29.11.68

तुम्हारी

ज़ोरबी

ख़त अमृता का

जीती,

अभी-अभी तुम्हारे हाथ की बनी रचना देखी। ऐसा लगा कि तुम से मिलन हो गया। इस समय मेरे सामने *अतीत की परछाइयाँ* है। अभी डाकिया यह किताब देकर गया है। इसके टाइटल से आँखें परे नहीं हो रहीं। टाइटल पर इतना अपना चेहरा दिखाई नहीं दे रहा, जितना तुम्हारा।

तुम्हारी कला को सौ-सौ नमस्कार!

और सुनो, मेरी आज की कविता में तृप्ता अपनी कोख के आगे मस्तक झुकाती है।

कोख उन हाथों का 'सिंबल' है, जिन्होंने नानक जैसी रचना रची।

मैं तुम्हारे हाथों के आगे मस्तक झुकाती हूँ, तुम्हारे रचनकार हाथों के आगे। किसी भी कलाकार की कोख उसके हाथ होते हैं।

21 तारीख़ को डाक की हड़ताल खुल गई थी। इसलिए *नागमणि* लेकर पोस्ट ऑफिस गई थी। वहाँ उन्होंने कहा, 'हम लेने से इनकार नहीं करते, पर आपको सलाह देते हैं कि आज पोस्ट न करें। पिछले बैग कई दिनों से भरे पड़े हैं और कर्मचारी इतना काम एक साथ नहीं निकाल सकते। इसलिए पर्चे, अख़बार फाड़-फाड़कर फेंक रहे हैं। सोमवार फ़ोन कर लीजिएगा। अगर हालात ठीक हो गए, तो *नागमणि* पोस्ट कर दीजिएगा।'

सो आज अभी *नागमणि* पोस्ट करके आई हूँ।

इस समय मेरे शरीर पर एक पसीना धूप का है, एक तुम्हारी ग़ैर-हाज़िरी का।

मैं दो तरह के पसीने से भीगी हुई हूँ।

तुम्हारी ज़ोरबी, तुम्हारी ऐमी, तुम्हारी माजा, तुम्हारी बिन्ना

ख़त अमृता का

जीती,

कितना अजीब लग रहा है।

सैली की पहली कमाई हाथ में ली।

उसे छुट्टियों में कोई एक प्रॉस्पैक्टिव बनाने के 80 रुपए मिले हैं। चार रुपए बोर्ड के काटकर 76 रुपए नकद दिए गए हैं।

वह आते समय तीन रुपए की रीजेंट सिगरेट ख़रीदकर मेरे लिए ले आया और 73 रुपए नकद।

दोपहर के वक़्त यह कमाई हथेली पर रखी। शाम के वक़्त तुम्हारा ख़त।

मेरी दोनों हथेलियाँ इस समय अमीर हैं।

24.12.68

तुम्हारी

ज़ोरबी

ख़त अमृता का

यहाँ मैं इस तरह अकेली पड़ी हूँ, जैसे अंधे की माँ उसे मस्जिद में अकेला छोड़ आए।

टूट जाए रेलगाड़ियाँ, जो तुम्हें लौटाकर नहीं लातीं।

गुस्से से भरी

ज़ोरबी

कल गुलज़ार आया था, 'सुना, आपकी तबीयत ठीक नहीं है। ख़बर लेने आ गया। क्या बात है?'

मैंने जवाब दिया, 'वैसे तो ठीक हूँ, पर शाम को दर्द शुरू हो जाता है, जैसे ही सूरज डूबता है।'

गुलज़ार हँसने लगा, 'पुराने समय में किसी ने "काल" को पाये से बाँधा था, आप सूरज को पाये से बाँध लीजिए। इसे मत डूबने दीजिए।'

मैंने उसे बताया, 'वह तो मैंने बाँध रखा है शाम को जब जीती का ख़त आता है, तो वह सूरज ही तो होता है।'

सच जीती, तुम्हारा ख़त शाम का सूरज ही तो होता है।

क्या मैं कम करामाती हूँ। मैं भी सूरज को पाये से बाँध सकती हूँ . . .

साँस-साँस से तुम्हारा इंतज़ार करती हूँ . . .

3.1.69

ज़ोरबी

ख़त अमृता का

जीती,

तुम्हारे साथ जीना मिले, तो एक ज़िंदगी थोड़ी है। एक तो आज इतवार है। दूसरे बेहद ठंड है, फिर एक कंधे में दर्द भी है।

शाम का अँधेरा मेरी हड्डियों में घुलता जा रहा था कि तुम्हारा ख़त आ गया।

अब लग रहा है, बाकी उम्र थोड़ी क्यों रहती है? 'शी' तो अपने महबूब को मिलने के लिए हज़ारों साल जीती रही, पर मैं वह 'शी' हूँ, जो तुमसे मिलने के बाद हज़ारों साल जीना चाहती है।

मेरी तबीयत ठीक नहीं, पर कल जश्ने कृश्न चन्दर था, गुलज़ार गाड़ी में ले गया था। वहाँ दो मिनट कृश्न का स्टेज पर सम्मान करना था। रेवती का तकाज़ा था। इसलिए दो-एक मिनट बोली। डॉ. ज़ाकिर हुसैन ने प्रिज़ाइड किया था।

पता है, मैंने क्या कहा? उर्दू में कहा था –

'तूने देखी है वह पेशानी, वो रुखसार,

वो होंठ, ज़िंदगी जिनके तसव्वुर में लुटा दी हमने।'

फ़ैज़ का यह शेर अपने रकीब के लिए था। सोचती हूँ, हम लोग जो एक कलम से मोहब्बत करते हैं, हम भी रकीब हैं एक-दूसरे के।

हम ही जानते हैं, यह दर्द क्या है? हम ही जानते हैं,

हम अपनी ज़िंदगी क्यों लुटाते हैं? कृश्न हमारा प्यारा दोस्त है, प्यारा रकीब है।

आज उसे सबसे बड़ा यही कम्पलीमेंट देती हूँ कि हम, उसके रकीब, उसे सलाम करते हैं और तहेदिल से उसकी सेहत की दुआ माँगते हैं।

इस समय मेरी तबीयत ठीक नहीं है। बिस्तर में बैठकर तुम्हें ख़त लिख रही हूँ।

यह ख़त मेरी नौ सौ मील लंबी बाँह है।

12.1.69

तुम्हारी ज़ोरबी

ख़त अमृता का

माजा

सैली इमरोज़ कैंडी

नागी

मेरे जीती,

यह पोर्ट्रेट दुनिया की किस दीवार पर लगाऊँ, इमा, कोई दीवार भी तो साबुत नहीं है। किसी दीवार में तरेड़े-ही-तरेड़े हैं, तो किसी दीवार पर सीलन-ही-सीलन है।

ईश्वर न जाने कैसा आर्किटेक्ट है।

मैं तो जब भी किसी से मिली हूँ और अकेली हो गई हूँ।

हर मिलन, हर परिचय, जैसे अकेलेपन का समर्थन करने के लिए होता है।

पहले सब मुझसे और तुम से दुःखी थे, अब सैली और नागी भी इसी गिनती में आ गए हैं।

मिस स्टालिन की माँ सैली से दुःखी है और पंजाबी की साहित्यिक दुनिया नागी से।

नए अंक की छपाई के लिए जितनी बार प्रेस को फ़ोन किया, चुभता हुआ जवाब मिला, '*नागमणि* शाम का पर्चा न छपे तो क्या कयामत आ जाएगी।'

मैटर कुछ बढ़ता हुआ लगता था। आज फ़ोन पर कहा, 'आख़िरी आर्टिकल ज़रूर जाएगा। अगर कहानी कुछ बढ़ गई है, उसे पूरा कर लें।

कविताओं में पृष्ठ घटा लेंगे।' तो जवाब मिला, 'आख़िरी आर्टिकल नहीं छपेगा, तो कौन-सा इंकलाब आने वाला है, जो रुक जाएगा?'

बहुत रूखी, खीझी हुई आवाज़ थी। जी करता है, अपने सोने के कमरे में एक मशीन लगा लूँ, ख़ुद कम्पोज़ करूँ और ख़ुद ही प्रिंट कर लूँ।

कागज़ वाले जैन को भी कोई पंद्रह बार फ़ोन किया। वह ख़ुद सिर्फ एक बार मिला, बाकी बार संदेश छोड़ा, पर वापसी फ़ोन कभी नहीं आया। अभी तक लिफाफे नहीं मिले।

आज बालज़ाक याद आ रहा है। उसने भी मेरे जैसी हालत भुगती थी। पहले पब्लिशर बना, फिर कागज़ वालों से दुःखी होकर कागज़ बनाने का कारखाना खोल लिया। अब तो इमा ख़ुद ही ख़ुदा बनने का वक़्त आ गया है। यह सारी दुनिया छाँटकर नई दुनिया बनाने का वक़्त . . .

15.1.69

ज़ोरबी

ख़त अमृता का[1]

तुम्हारी ग़ैर-हाज़िरी में अपना आप भी ज़िंदगी से गैर-हाज़िर लगता है।

आज किसी होम्योपैथ डॉक्टर के पास जाओ और कहो कि अब तुम्हें वह पुड़िया दे, जिससे आदमी झट स्टेशन पर चला जाए, टिकट बुक कराए और घर आने की बात करे।

हाय ओ रब्बा!

तुम्हारी
रेशमा

1. एक पोस्ट कार्ड।

ख़त अमृता का

इमा,

जुहू के किनारे पत्तों से ढका हुआ एक कॉटेज ख़यालों में अभी बस गया है। जी करता है, सारे बिखराव सिमट जाएँ।

बिल और टैक्स सब काँटों की तरह चुभ रहे हैं। अभी पानी का बिल आया है, कार का बीमा का भी आने वाला है और हाउस टैक्स का भी।

नागमणि की मोहताजी है, प्रेसवालों के मूड की। सब समेट दूँ और कॉटेज में फूल-पत्ते उगाती रहूँ, पौधों को पानी देती रहूँ। और बस, दो वक़्त तवा रखकर कुछ रांध-पका लूँ।

न शोहरत चाहिए न पैसा।

बस, फूलों के साथ मिलकर फूलों की तरह खिलूँ और फिर चुपचाप मुरझा जाऊँ।

तुम जो भी कमाकर लाओ, आटा-दाल पका लूँ, दो जून का। ओ, मेरे इमू!

23.7.71

माजा

ख़त अमृता का

इमवा,

शुक्र है हर सूरज तुम्हारा ख़त लेकर आता है और किरनों जैसे तुम्हारे ख़याल . . . नहीं तो यह दुनिया रहने के काबिल नहीं है।

आज टी.वी. की रिकॉर्डिंग थी। वहाँ जाकर मालूम हुआ, हरिभजन अपनी कड़छियाँ-चमचे लेकर बैठा हुआ है।

घर से *काज़ानज़ाकिस* पढ़ती हुई गई थी, ग्रीक पैशन। वहाँ जाकर 'कन्ट्रास्ट' देखा।

पर शुक्र है, आते ही तुम्हारा ख़त मिला, पाक काज़ानज़ाकिस के दिल की तरह ख़ूबसूरत।

सो रास्ते की गर्द झाड़कर मैंने तुम्हारा ख़त पढ़ा और अपनी रौ में आ गई।

इस बार तुम्हें जल्दी आना पड़ेगा। तुम्हें भी यूरोप जाने की तैयारी करना है, फिर वापिस आकर बंबई में रह लेंगे।

11.7.72

तुम्हारी
ऐमी

ख़त अमृता का

ओ, मेरे इमा,

अगर किसी दिन तुम्हारे बिना जीना पड़ा, तो ईश्वर से कह दूँगी, 'नहीं।'

तुम्हारे बग़ैर लाचार होकर जीने से मुझे बिल्कुल इनकार है।

अगर ज़िंदगी में से ज़िंदगी को घटा दें, तो बाकी जो कुछ रहता है, वह मुझे नहीं चाहिए। तुम्हारा कल रात का फ़ोन मेरी साँसों में जान डाल गया।

यूरोप की कोई बात नहीं। अगर बंबई हमें कुछ भविष्य दे जाए, तो वहीं ठीक है।

19.7.72

माजा

ख़त अमृता का

ओ, मेरे इमवा,

आज सैली दो-तीन दिन के लिए पटियाला गया है।

अकेलापन और गाढ़ा हो गया है, बिल्कुल रोमन एंपायर की तरह बेसिर-पैर।

एच.जी. वेल्स लिखता है . . . रोमन एंपायर बढ़ता गया अनप्लेंड नॉवल की तरह और फिर एक ही बार में कोलेप्स हो गया।

यह अकेलापन भी एक बार में 'कोलेप्स' हो जाएगा, जब तुम आओगे।

27.7.72

तुम्हारी
ऐमी

ख़त अमृता का

इमवा,

आज तुम्हें एक दिलचस्प बात बताऊ। कल देविंदर आया था। बताने लगा कि उर्दू का कोई शायर है, वहीं रेडियो स्टेशन में।

देविंदर से कहने लगा, अमृता प्रीतम से मुझे 3,000 रुपए ले दो, बड़ी ज़रूरत है। सुना है, वह लोगों की बड़ी मदद करती है।

नवराज पास ही बैठा हुआ था। कहने लगा, 'देविंदर अंकल, उससे कहिए कि धीरे बोले, अगर कहीं इंदिरा गांधी ने सुन लिया, तो अमृता प्रीतम को नेशनलाइज़ कर देगी।'

आज सोमवार है। अभी-अभी ही सूरज चढ़ा है। ज़रा ऊँचा होगा, तो तुम्हारा ख़त आएगा।

तुम्हारी आवाज़ न जाने कब आएगी, पैरों की आवाज़, सीढ़ियों को चढ़तें।

27.5.74

तुम्हारी

माजा

ख़त अमृता का

इमवा,

ज़िंदगी सचमुच निरर्थक है। मुझे लगता है, 'आई एम द विक्टिम ऑफ माई ओन आइडियलिज़्म।'

जो कुछ आज तक लिखा, सोचा, उसका इस दुनिया में क्या मतलब है?

गुलाग आर्चीपेलेगो पढ़ रही हूँ, कितना भयानक इतिहास! कभी रात के दो बजे जाग जाती हूँ, कभी तीन बजे, लेकिन रात का अँधेरा कभी ख़त्म होने को नहीं आता।

ऊपर से दिसंबर का महीना। लगता है, हम ज़िंदगी के कर्ज़दार हैं, इनकम टैक्स की किस्त, कार टैक्स की किस्त, बीमा की किस्त और फिर ऊपर से कम्पलसरी टैक्स भरो, फिर खाट-पीढ़े गिनवाओ और फिर आनेवाले समय की कोई सिक्योरिटी नहीं।

अब तो कुछ लिखने का भी दिल नहीं करता। इंसान की अच्छाई की झूठी आशा अपने आप भी सारी उम्र भुगती और लोगों को भी झूठे सपने देखने के लिए कहा है।

यह सब लिखा हुआ किसके काम आया है?

क्या इससे दुनिया पहले से कुछ अच्छी हुई है?

बिल्कुल गलत . . .

कभी कुछ नहीं होगा।

रही बात फ़िल्म की अगर बासु को उसकी बात भी याद नहीं रही, तो याद कराने के लिए बंबई नहीं जाऊँगी।

मैं बहुत थक गई हूँ।

जहाँ और सब फिज़ूल लिखा हुआ पड़ा है, वहाँ यह भी सही।

मुझे कोई गिला नहीं, न ही कोई उम्मीद।

14.6.75

माजा

ख़त अमृता का

इमा,

कल तुम्हारा कमरा बंद रखा था।

आज बहुत दिल घबराया, तो कमरा खोल दिया . . .

पर सारे फर्श पर फैली हुई और छत तक पसरी हुई चुप नहीं टूटती।

12.7.75

तुम्हारी
ऐमी

ख़त अमृता का

मेरे इमवा,

चंडीगढ़ से फ़ोन आया कि पंजाब गवर्नमेंट 'औरत की पंजाब को देन' पर फ़िल्म बनाना चाहती है। वही पूजा कपूर और भारती डायरेक्टर का फ़ोन था। मैं गवर्नमेंट को उसका सिनोप्सिस लिखकर भेजूँ। सिनोप्सिस एप्रूव हो गई, तो पूजा फ़िल्म बनाएगी।

मैंने एप्रूव होने की शर्त के कारण स्क्रिप्ट लिखने से इनकार कर दिया।

सरकारी फाइलों और कमेटियों के रोशन दिमाग सदस्यों के लिए मैं कुछ नहीं कर सकती।

पहले एफ.एफ.सी. को बहुत भुगत चुकी हूँ।

ज़िंदगी के दो-चार दिन बाकी हैं। वे अपने आप के साथ, तुम्हारे साथ और दुनिया की बढ़िया किताबों के साथ गुज़ारूँगी।

5.15.75

तुम्हारी

माजा

ख़त अमृता का

इमा,

कल रात एक अजीब बात हुई। रात को देर तक सोल्जेनित्सिन की *गुलाग* पढ़ती रही।

उसका पहला चैप्टर किसी अरेस्ट के बारे में है कि कैसे आधी रात को अचानक दरवाज़े पर खट-खट हुई और कुछ लोग एक मासूम आदमी को पकड़कर ले जाते हैं।

वह पूछता रह जाता है 'मैं? पर क्यों?'

इस क्यों का जवाब आज तक किसी को नहीं मिला और वह आदमी बीसियों बरस के लिए जेल की कोठरी में डाल दिया जाता है या उसी रात को बाहर कहीं गोली से मार दिया जाता है . . .

और रात को मुझे सपना आया, हमारे दरवाज़े पर खट-खट हुई। वे लोग मेरे दारजी को पकड़कर ले गए . . . सपने में दारजी अभी जिंदा है, फिर सवेरे पता लगा कि उन्होंने दारजी को बंदूक की गोली से मार दिया है . . . भला यह सपना क्यों आया?

क्या लाखों मासूम लोगों की मौत मेरे दिल को इतना हिला गई कि उनकी मौत मुझे अपने पिता की मौत जैसी लगी?

या यह कि दारजी की मौत वास्तव में स्वाभाविक नहीं हुई थी . . . मेरी आँखों से दूर हुई थी . . . मैं कुछ नहीं जानती, कैसे हुई थी, पर यह ख़याल इन तीस बरसों में कभी नहीं आया था . . . पहली बार आया है।

तुम जानते हो, दारजी की मौत के बाद उस लड़के ज्ञानसिंह ने उनकी ज़मीन जाली दस्तख़त करके बेच दी थी। क्या पता . . . शायद उनकी मौत एक राज हो . . . जो मैंने कभी नहीं जाना।

अजीब सपना था!

28.12.75

माजा

ख़त इमरोज़ का

मेरी माजा,

तुम यह किताब पढ़ रही हो, महसूस कर रही हो, उस मुद्दे पर एक सवाल उठा रही हो, यह एक बहुत बड़ी कोशिश है और इसी कोशिश का नाम 'अमृता' है।

मेरी शायरा, तुमने अपने लिए और दुनिया, दोनों के लिए हसीन सपने देखे हैं . . . अमन के सपने . . . मोहब्बत के सपने . . . उम्मीद के सपने! यह क्यों सोचती हो कि दिलों पर कुछ भी असर नहीं होने वाला।

यह क्यों भूल जाती हो कि बेइंसाफ़ी और मजबूरी के ख़िलाफ तुम्हारी आवाज़ बहुत बुलंद है, मगर आह . . . को चाहिए इक उम्र असर होने तक।

मेरी महबूबा, यह नहीं कह सकता कि अब इस दुनिया में किसी और ईसा को सलीब पर नहीं चढ़ाया जाएगा, लेकिन इतना कह सकता हूँ कि उसके बाद भी दुनिया कुछ बदलेगी ज़रूर, जैसे पहले बदली थी . . .

मेरी जान, मुझसे इक वादा करो . . . ख़ुश रहने का . . .

30.12.75

इमा

ख़त अमृता का

मेरे इमा,

तुम्हारे जैसी सोच, तुम्हारी जैसी शख्सियत अगर इस दुनिया में न होती, तो तुम्हीं बताओ, कहाँ जाती मैं।

अच्छा, अब जल्दी से घर लौट आओ।

4.1.76

तुम्हारी

माजा

❑❑❑